MÉMOIRE

DU

SIEUR DE RAMEZAY,

COMMANDANT A QUÉBEC,

Au sujet de la reddition de cette ville, le 18 Septembre 1759,

D'APRÈS UN MANUSCRIT AUX ARCHIVES DU BUREAU
DE LA MARINE, À PARIS.

PUBLIÉ SOUS LA DIRECTION

DE LA

Société Littéraire et Historique de Québec.

DES PRESSES DE JOHN LOVELL,
QUÉBEC.
1861.

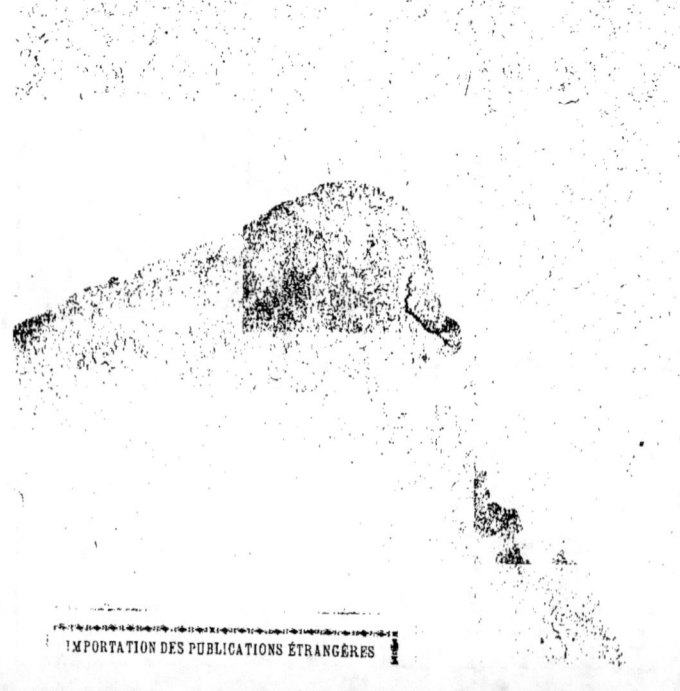

MÉMOIRE

DU

SIEUR DE RAMEZAY,

COMMANDANT A QUÉBEC,

Au sujet de la reddition de cette ville, le 18 Septembre 1759,

D'APRÈS UN MANUSCRIT AUX ARCHIVES DU BUREAU
DE LA MARINE, À PARIS.

PUBLIÉ SOUS LA DIRECTION

DE LA

Société Littéraire et Historique de Québec.

DES PRESSES DE JOHN LOVELL,
QUÉBEC.
1861.

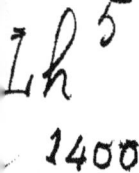

INTRODUCTION.

***

APRÈS un assez long intervalle la *Société Littéraire et Historique de Québec* s'est déterminée à reprendre la publication de quelques documents inédits sur l'histoire ancienne du Canada.

Le premier de ces documents est un mémoire contenant la défense de Mr. de Ramezay, Commandant pour le Roi à Québec, lors de la Capitulation de cette ville aux armes britanniques, le 18 Septembre 1759.

Quelques mémoires du temps avaient imputé à cette officier la faute d'avoir rendu la ville de Québec à l'ennemi sans avoir opposé une plus longue résistance. Cependant, le mémoire en question se trouve appuyé de diverses pièces justificatives qui contribuent beaucoup à jeter un nouveau jour sur les causes qui précipitèrent cette Capitulation.

D'après une note au crayon sur le manuscrit original, on voit que Mr. Ramezay avait demandé qu'il lui fut permis de faire publier ce mémoire, justifiant sa conduite, au nombre de 150 exemplaires.

On a lieu de croire que cette demande lui aura été refusée, puisque ce document est resté inédit et entièrement inconnu jusqu'au moment où il a été trouvé aux Archives du Bureau de la Marine, par Mr. Faribault en l'année 1852. On présume que, par le moyen de quelque influence secrète auprès du Ministre d'alors, on aura supprimé la publication d'un document qui aurait pu, peut-être, compromettre quelque fonctionnaire d'un rang élevé ; d'où il est arrivé que Mr. Ramezay, est inévitablement devenu une victime qu'il fallait sacrifier.

On a laissé subsister l'orthographe qui se trouve dans le manuscrit original.

ÉVÉNEMENTS

DE

LA GUERRE EN CANADA DURANT LES ANNÉES
1759 et 1760.

RELATION DU SIÉGE DE QUÉBEC

DU 27 MAI AU 8 AOUT, 1759.

(Archives du département de la guerre, Paris.)

DEPUIS que les Anglois ont commencé les hostilités en Canada, l'on sait les différentes dispositions qu'ils ont faites pour s'en rendre maîtres, les forces immenses qu'ils ont rassemblées dans le haut du continent pour attaquer nos établissements de ce côté et celles qu'ils se préparoient à faire monter le fleuve St. Laurent pour assiéger en même temps Québec.

Nous apprîmes le 17 et le 19 de mai dernier, par différens rapports des capitaines d'une petite flotte marchande partie de Bordeaux sous le convoi de M. Kanon, par 3 navires sortis de Rochefort sous le commandement de M. de Vauclain et par M. Sauvage, capitaine d'une frégate partie de Brest, qu'une escadre angloise les suivait dans le fleuve. On avait déjà été prévenu de l'entreprise que les ennemis projettoient pour le printems, par

deux Acadiens prisonniers à la Nouvelle Angleterre d'où ils
s'étoient sauvés.   M. le Mis. de Vaudreuil, gouverneur général
étoit alors à Montréal où il n'étoit occupé depuis longtems que
de tous les moyens praticables pour mettre en bon état de défense
les postes avancés.   Il avoit envoyé· à Niagara 1,500 hommes
sous le commandement de M. Pouchot, capitaine au Régiment de
Béarn qui a fait fortifier ce fort, et il avoit fait passer des ordres
à M. de Lignery, capitaine de la Colonie qui commandoit à la
Belle Rivière, de se replier à Niagara avec environ 3,000 hommes
qu'il devoit avoir.   M. de La Corne, autre officier de la Colonie,
étoit aussi détaché avec 1,500 pour garder le dessus des rapides
du côté de la Présentation sur le lac Ontario.   M. de Bourlamaque, brigadier d'Infanterie étoit chargé de la défense de
Carillon avec 500 hommes qui devoient être soutenus de 1,200
autres qui étoient au Fort St. Jean à l'entrée du Lac Champlain
aux ordres de M. Rigaud de Vaudreuil, indépendamment des
sauvages commandés par M. de La Corne de Chapte.   M. le
Marquis de Vaudreuil ayant donc réglé toutes ses dispositions
pour la partie supérieur du Canada et déterminé les opérations
dont il laissoit le soin à M. de Levis, Maréchal de camp, pour la
défense de Montréal, adressa ses ordres à M. le Mis. de Montcalm
à Québec pour accélérer tous les arrangements qu'il avoit déjà pris
depuis longtems pour s'opposer aux puissants efforts des ennemis.
Il se rendit lui-même dans la Capitale trois jours après.

Pendant qu'il travailloit avec M. Bigot, Intendant de la Colonie, à la distribution des foibles ressources du pays, et à assurer
la subsistance dans tous les gouvernements relativement au plan
d'arrangement arrêté par cet Intendant qui, de son côté s'étoit
occupé du ménagement des vivres, des moyens de s'en procurer,
et de faire des dépôts utiles et certains à tous événements, on
ferma de pieux les endroits de la ville qui restoient ouverts ; on
établit de nouvelles batteries sur les quais du Palais, aussi sur la
construction au Cul de Sac ; on plaça aussi du canon sur le haut
de la côte qui conduit de la basse à la haute ville ; et enfin on
forma une petite armée des 5 bataillons de troupes de terres qui
se trouvèrent de la Colonie, d'environ 200 hommes de troupes et
des Milices et autres habitants Canadiens qui s'assemblèrent avec
tant d'activité et de zèle qu'on forma sur le champ un corps de 11

à 12 mille hommes qui fut établi à Beauport pour s'opposer à une descente et y être en état de secourir la ville.   On se retrancha en même tems depuis le Sault de Montmorency jusqu'à Québec. On établit des forts de communication partout, et on forma une troupe de cavalerie de 150 maîtres dont le commandement fut donné à M. de la Roche Beaucourt.   M. de Fiedmont, capitaine d'artillerie, donna le plan de 12 grands canots de bois sur lesquels on devoit monter un canon de 12, et on acheva la construction avec celles de 4 chaloupes carcassières qui portoient aussi un canon de 18, outre une batterie flottante portant 12 pièces de canon dont 2 de 24 qui se manœuvroient à la voile.   On prépara une quantité de cajeux, chargés d'artifices pour mettre le feu aux vaisseaux ennemis, indépendamment des brûlots; on échoua à l'entrée de la petite rivière deux navires démâtés sur lesquels on établit encore des batteries pour s'opposer à une descente.

Dans la nuit du 24 au 25 de Mai, les feux destinés à annoncer les ennemis furent allumés à la Pointe de Levy, et le canon de la ville en répéta le signal.   Le même jour les Srs. Aubert et de Plaine, Canadiens, établis à St. Barnabé pour observer ce qui se passoit dans le fleuve, envoyèrent avertir M. le Marquis de Vaudreuil qu'ils avoient vu 14 vaisseaux anglois tant de guerre que de transport; c'étoit en effet l'avant garde des ennemis, sous le commandement de l'amiral Durel, destinée à intercepter le secours que nous devions espérer de France.   Sur ces nouvelles on redoubla de vigilance à l'Isle d'Orléans, à l'Isle aux Coudres et tout le long des côtes du sud audessous de Québec, d'où on fit retirer les femmes, les enfants et les bestiaux dans les concessions les plus reculées, et M. de Léry, capitaine de la Colonie, chargé de ces opérations, le fut aussi d'ordonner aux habitans en état de porter les armes de se tenir prêts à se rendre à Québec sitôt que M. le Marquis de Vaudreuil les en feroit avertir.

Quelques jours après, l'arrivée fut confirmée.   Ils y débarquèrent des troupes et formèrent un camp.   Cette Isle avoit été évacuée par les habitants et les ennemis ne firent aucun tort à leurs possessions; ils s'y promenoient for tranquillement et dans la plus grande sécurité, ce qui enhardit quelques Canadiens établis à la Baye St. Paul.   Ils y passèrent, s'embusquèrent dans les bois et firent trois prisonniers parmi lesquels étoit le petit fils de l'amiral

Durel. Les sauvages qu'on y avoit envoyé sous le commandement de M. Niverville n'osèrent en faire autant de peur d'être
enveloppés, quelque invitation qu'on leur fît. Les Anglois, de
leur côté profitoient de tous les instants et n'en perdirent pas un
pour envoyer des berges sonder et mouiller des Bouées dans le
Canal de la traverse où ils firent passer tout de suite quelques
uns de leurs vaisseaux. Ce fut alors que nous apprîmes qu'il
arrivoit de nouveaux secours à l'ennemi et qu'il avoit déjà rassemblé environ 30 bâtiments de toute espèce.

M. de Courtemanche partit pour l'Isle d'Orléans avec un détachement de 600 hommes, Canadiens et sauvages ; ceux-ci
avoient de leurs camarades en canots d'écorce qui attaquèrent 7
berges angloises, et le feu fut fort vif de part et d'autre, sans
perte d'un seul homme de notre côté. Nous nous emparâmes
d'une de ces berges sur laquelle il y avoit 8 Anglois, qui furent
conduits à Québec et qui dirent qu'il y avoit 1,500 hommes de
débarquement. Dès le lendemain M. le Mercier, commandant
l'artillerie, se transporta sur l'Isle d'Orléans avec quelques pièces
de campagnes du calibre de huit, dont il fit tirer à boulet rouge
sur les ennemis mouillés à St. François, mais son feu, ni celui
dont les Anglois lui ripostèrent n'eurent pas de succès.

Du 18 au 19 de Juin, un courrier expédié par le Sieur Aubert
vint annoncer que le reste de la flotte angloise composée d'environ 15 voiles étoit à St. Barnabé. Cette dernière division jointe
à la première formoit alors une flotte de 160 bâtiments. Peu de
jours après, les uns mouillèrent à l'Isle aux Coudres, d'autres firent
tout de suite le traverse et on sut positivement que M. Saunders
la commandoit et que le général Wolfe venait à la tête de 10,000
hommes de débarquement. On ne put tirer d'autres connaissances des prisonniers ou déserteurs. Le 27 de Juin, 3 vaisseaux
de guerre s'avancèrent jusques à la vue de Québec à 6 heures du
matin. Ils y mouillèrent pour faciliter l'opèration d'une frégate
qui vint sonder le long de l'Isle d'Orléans, après quoi ils dispa-
rurent tous les trois, et le vent du Nord Est ayant fraichi considérablement l'après midi, quelques bâtiments ennemis de transport
furent jettés à la côte. Le même jour on vit du village de Beaumont 120 ou 130 voiles, le long de l'Isle d'Orléans, mais dans ce
nombre il y avoit peu de vaisseaux de guerre et quelques frégates

seulement, pour faciliter la descente qui se fit à midi **sur la dite Isle.** Les ennemis se formèrent en bon ordre et furent camper sur les hauteurs du St. Laurent au nombre de 8 mille hommes, selon ce qu'en a put juger M. de Courtemanche qui fut forcé de traverser à Beaupré pour se retirer, ne pouvant faire tête à telles forces avec son petit détachement. Il étoit question de brûler cette flotte s'il étoit possible, et on l'essaya pendant la nuit du 28 au 29, en envoyant sur elle six brûlots qui ne firent aucun bon effet; les uns furent poussés hors du fil du courant et furent s'échouer; les autres s'emflammèrent trop tôt et brûlèrent **même** à la vue de Québec. On y perdit dans les flammes un nommé Dubois, capitaine d'un de ces brûlots et son second; un seul de ces bâtimens approcha la flotte dont les chaloupes armées le détournèrent, quoiqu'en feu. On y auroit suppléé tout de suite par les cajeux, si le gros vent de Nord Est qui avoit soufflé ne les eût jeté à la côte auprès du Sault Montmorency où ils étoient échoués.

Le 30, nous apprîmes que les ennemis avoient mis à terre à Beaumont, paroisse audessous de la Pointe de Levy, qu'ils y avoient tué un homme et fait un ou deux prisonniers, et que l'officier et les habitans qui étoient encore dans cette paroisse avoient été obligés de se retirer avec précipitation dans les bois. On sut aussi dans la même matinée que les ennemis s'avançoient par terre à la Pointe de Levy même. Il y avoient fait mouiller 15 vaisseaux pour faciliter une autre descente qu'ils exécutèrent dès l'après midi. Alors le Sieur Charest, habitant et capitaine de Milice, demanda à M. le Marquis de Vaudreuil la permission de passer sur cette pointe dont il est le Seigneur, avec quelques habitans pour s'opposer aux opérations de l'ennemis. Il partit sur les deux heures après midi avec 15 hommes, qui furent joints par d'autres habitans de la Pointe sur laquelle les Anglois avoient déjà rassemblé 1,500 hommes autour de l'Eglise. Le Sieur Charest en avoit alors 60 qui fusillèrent jusqu'au soir et tuèrent 40 ou 50 hommes aux Anglois sans en avoir un seul de **blessé.** Sur les 4 heures M. le Marquis de Vaudreuil lui envoya des sauvages qu'il ne fut pas possible de réunir à cette partie. Ils se dispersèrent dans les bois et firent un prisonnier qui annonça pour la **nuit** suivante une descente générale, ce qui détermina à ne plus

a

envoyer du monde à la Pointe de Levy et à rappeler le Sieur Charest qui rentra à Québec à dix heures du soir et laissa après lui quelques traîneurs qui fusillèrent encore les ennemis toute la nuit.

Dans l'idée où l'on étoit que les Anglois feroient la descente générale à Beauport et que c'étoit là où devoit se décider le sort de la Colonie, Mrs. les Marquis de Vaudreuil et de Montcalm et Mr. Bigot, Intendant, se retirèrent dès le soir avec les principaux officiers de guerre et autres, au camp qu'on avait formé à Beauport. Le commandement de la ville fut laissé à Mr. de Ramezay, lieutenant de Roy, avec une garnison de 1,500 hommes des troupes, des Milices et des équipages des navires destinés pour servir les batteries.

Le camp de Beauport fut établi à un quart de lieu audessus du Sault de Montmorency et Mr. de Levis, Maréchal de camp, y commandoit. Le quartier général étoit assis à la Canardière d'où Mrs. les Marquis de Vaudreuil et de Montcalm faisoient passer leurs ordres à tous les postes.

Le 1er Juillet M de Léry arriva à Québec où il pénétra par les bois. Il avoit descendu le chemin d'Arlaca un peu audessus de la Pointe Levy. A 10 heures, deux frégattes s'avancèrent dans le bassin, elles y mouillèrent et canonnèrent avec des carcassières qui s'étoient approchées pour les en chasser.

On renvoya le même jour le Sieur Charest à la Pointe de Levy pour s'assurer si les Anglois y avoient débarqué de l'artillerie, mais il ne put approcher assez près du camp pour le vérifier. Le 2, le même officier de Milice fut encore à cette Pointe à 4 heures du matin, il en revint à midi, et dit que le camp des ennemis comptoit neuf arpents de terre en largeur audessous de l'Eglise sur 12 de profondeur, et qu'il n'y avoit encore point vu d'artillerie quoiqu'il s'en fut approché de très près. On rapporta le même jour un placard que le général Wolfe avoit fait afficher à la porte de l'Eglise de Beaumont; il sera joint à la fin de cette relation. L'après midi de cette journée, il parut sur les hauteurs qui prolongent la côte de face au chateau de Québec un détachement ennemi d'environ 600 hommes sur lequel on tira le canon de la ville, et sur les 7 heures du soir cette troupe défila au camp que les Anglois avoient formé près de l'Eglise de la Pointe de Levy.

La vue de ce camp et les canons montés qu'on y découvroit déjà de la côte de Beauport, causa une telle sensation parmi les habitans Canadiens dont la bravoure est si connue qu'il s'ameutèrent en grand nombre le 3 et furent demander à Mr. le Marquis de Vaudreuil la permission de passer 4 ou 5 mille hommes à la côte du sud pour attaquer le camp des Anglois, mais cette manœuvre fut improuvée par Mr. le marquis de Montcalm qui s'étoit chargé vis-à-vis du Gouverneur Général de la défense du Canada du côté de Québec.

Le 4, Mr. de Niverville, officier de la Colonie, fut détaché pour aller camper à Sillery à une lieue audessus de Québec avec environ 200 Canadiens et sauvages et à midi les ennemis envoyèrent une chaloupe avec pavillon blanc porter une lettre à Mr. le Marquis de Vaudreuil par laquelle l'amiral lui demandoit des nouvelles des trois Anglois pris sur l'Isle aux Coudres et le prevenoit qu'il lui renverroit quelques femmes Acadiennes prises dans le fleuve. M. le Mercier fut chargé de porter la réponse, et le lendemain les Acadiennes furent renvoyées. Elles rapportèrent que les ennemis avoient débarqué des mortiers à la Pointe de Levy qu'ils n'avoient que 10,000 hommes de débarquement. On les voyoit tous les jours se promener avec assurance autour des habitations de la Pointe Levy, quoique les habitans retirés dans les bois les harceloient continuellement et qu'ils en tuoient chaque jour quelques uns dès qu'ils s'écartoient du détachement.

Le 6, au matin, une berge vint sonder dans le Chenal du Nord de l'Isle d'Orléans vis à-vis le camp occupé par M. de Levis qui en avoit pris le commandement depuis qu'il étoit descendu de Montréal. Ce général détacha quelques canots sauvages qui la poursuivirent jusqu'à l'Isle d'Orléans où ils forcèrent 200 Montagnards Ecossais de se replier après avoir perdu 10 hommes. Ils y laissèrent aussi 2 des leurs et se rembarquèrent dans leurs canots après avoir tué un Anglois qu'ils avoient pris parcequ'ils étoient vivement pressés par un gros détachement venu au secours des Montagnards, de façon que deux de ces sauvages n'ayant pas pu se rembarquer aussitôt que les autres, ils se jettèrent à la nage et se rendirent au camp.

La batterie flottante qu'on avoit mouillée vis à-vis, tira sur les 5 heures du soir quelques coups de canon sur la frégatte qui s'étoit avancée dans le bassin et qui fut soutenue du feu des vaisseaux, mais ils ne firent pas grand mal à cette batterie de laquelle six chaloupes carcassières et canots de la façon de M. de Fiedmont s'approchèrent pour continuer à canonner les frégattes, mais ils furent vivement servis du canon des vaisseaux, et quoique les vaisseaux anglois ont prétendu n'avoir point souffert de notre feu, les frégattes se retirèrent un peu plus du côté de l'Isle d'Orléans.

La nuit suivante un François prisonnier se sauva à la nage des vaisseaux, et fit à peu près le même rapport que les Acadiennes, à l'exception qu'il annonça que les Anglois attendoient un secours de 6,000 hommes, au défaut duquel ils projettoient de substituer 4,000 matelots, et qu'ils étoient resolus d'attaquer sous 3 jours. Le 8, les ennemis établirent des batteries à la côte du sud de face à celle du chateau de Québec et travaillèrent en même temps à une redoute pour se couvrir un peu audessus. On tira des bombes et du canon sur ces travailleurs qui en parurent maltraités, mais ils n'abandonnèrent point leurs travaux, et dans le même tems et pendant plusieurs heures les vaisseaux cannonnèrent beaucoup le camp de M. de Levis. Les galiottes bombardèrent aussi cette partie et sur les quatre heures du soir 30 berges ou chaloupes se portèrent sur deux vaisseaux mouillés assez près de terre à L'Ange Gardien ce qui fit présumer que ce lieu avoit été choisi pour une descente. Les galiottes recommencèrent à bombardèrent à 8 heures du soir jusques au lendemain. Elles jettèrent plusieurs bombes dans le camp, il n'y eut cependant qu'un seul homme blessé très légèrement.

Le 9, M. de Levis fit lever le camp et se retira dans les retranchemens audessous, près de la grève.

L'après midi les ennemis continuèrent à bombarder pour couvrir une descente faite à L'Ange Gardien, et plus bas. On s'étoit apperçu à la pointe de ce jour que leurs camps avoient beaucoup diminués sur la Pointe de Levy et sur l'Isle d'Orléans, ce qui donnait lieu de craindre qu'ils eussent fait une descente considérable à la côte de Beaupré. On détacha pour s'en éclairer une centaine de Canadiens et sauvages qui s'avancèrent audessous du Sault de Montmorency; il y furent surpris par un avant garde des ennemis soutenue par une chaloupe considérable sur laquelle les sauvages firent imprudemment plusieurs décharges.

Ils ont prétendu avoir tué 150 hommes, et qu'ils n'en ont eu que 15 tués ou blessés. Deux Canadiens et l'interprête de ces sauvages y périrent. Les ennemis avoient déjà placé environ cinq mille hommes sur les hauteurs de L'Ange Gardien, assez près du Sault de Montmorency avec 2 pièces de canon.

On fit l'après midi de ce même jour transporter un mortier à Beauport, et on bombarda les vaisseaux qui furent obligés de se haller hors de portée.

Le 10, les batteries de la ville réunirent leurs feux sur les travailleurs employés à la Côte de Lauzon et aux batteries entamées le 8 par les Anglois. On leur jetta aussi des bombes qui parurent bien dirigées et tombèrent parmi eux. Il leur déserta un homme ce jour là qui traversa à Québec et qui rapporta que le soir, ou au plus tard le lendemain matin, il y auroit 6 mortiers de 14 pouces et 8 canons de 32 livres prêts à tirer sur la ville, qu'il étoit descendu à Beaupré de 6 à 6,500 hommes, qu'il ne restait au camp de la Pointe Levy et aux batteries dépendantes qu'environ 1,000 hommes et enfin que les officiers répandoient dans l'armée qu'on n'avoit perdu que 45 hommes dans l'affaire de la veille près du Sault de Montmorency; néanmois les sauvages rapportèrent le lendemain 60 chevelures levées pendant cette action.

Le 11, un second prisonnier françois s'échappa de l'armée angloise. Il étoit parti depuis cinq jours de l'Isle d'Orléans. On apprit par les déserteurs que leur camp des hauteurs de L'Ange Gardien se fortifioit d'hommes et de batteries.

On vit toute cette journée transporter de l'artillerie à celle qui devoit battre la ville en face, on tira des bombes et du canon sur les charrois et sur les travailleurs. Ils durent certainement perdre beaucoup de monde ce jour là, et on a su depuis par un prisonnier qu'une seule bombe avoit tué 17 hommes. Les Canadiens toujours pleins d'ardeur et inquiets de voir les progrès des travaux des ennemis, firent de nouvelles représentations à M. le Marquis de Vaudreuil pour les laisser former un gros détachement, avec lequel ils se proposoient de passer à la Pointe de Levy pour aller détruire les ouvrages des ennemis. M. le général qui connoit l'intrépidité des habitans y consentit, nonobstant les représentations qui lui venoient d'ailleurs et promit de faire sortir ce détachement sous les ordres de M. Dumas, major des troupes de la Colonie.

Pendant la nuit du 11 au 12, quatre sauvages Sauteurs de nation, pénétrèrent jusqu'au camp des ennemis à L'Ange Gardien et y tuèrent deux hommes, mais l'un d'eux fut blessé, cela occasionna quelques mouvemens dans l'avant garde des Anglois qui s'approcha un peu de celle qu'on avoit placée sur la côte auprès du Sault de Montmorency pour garder le passage sous le commandement de M. de Repentigny, capitaine des troupes de la Colonie ; il fit alors un feu qui les arrêta, il leur tua 60 hommes et ne perdit que deux Canadiens. Le 12, M. Dumas qui commandoit le détachement destiné à passer à la Pointe de Levy, le conduisit au Cap Rouge audessus de Québec, pour être à portée de traverser le soir à la côte du sud et de surprendre les ennemis le lendemain à la pointe du jour. Ce détachement étoit composé de 150 hommes des troupes de terre commandés par M. Dugla, capitaine au Régiment de Languedoc, de quelques soldats de la Colonie, d'environ 300 Canadiens tirées du camp de Beauport, et d'une grande partie des milices de la ville qui s'offrirent de bonne volonté ; de façon que M. Dumas partit avec près de 1,200 hommes. Il en auroit eu un plus grand nombre, si on avait voulu laisser sortir tous ceux qui le demandoient instamment, il y eut même des magistrats qui s'y offrirent avec empressement.

On vit ce même jour les Anglois travailler à un retranchement sur les hauteurs de la Pointe de Levy, mais on ne les découvroit que de dessus la hauteur de la citadelle détruite, parceque le bois les couvroit à la ville.

Quelques vaisseaux ayant voulu se rapprocher dans le bassin sur les 4 heures du soir, les chaloupes carcassières furent les canonner. Les vaisseaux leur ripostèrent et tout ce feu n'occasionna aucun événement intéressant. A 9 heures, les Anglois démasquèrent les batteries de canons et de mortiers qu'ils avoient dressées contre la ville à la côté du sud, elles joignoient leurs feux à celui des galiottes et pendant cette première nuit, la ville reçut plus de 200 bombes qui y firent des dommages considérables. M. Dumas ramena le 13 le détachement qu'il avoit conduit à la côte du sud, parceque dans l'obscurité de la nuit précédente, il y eut des méprises commises par les sentinelles qui conduisirent dans de si grandes erreurs, que les Canadiens tirèrent trop précipitamment et s'étant fait découvrir, il ne put exécuter son projet.

Les Anglois firent le 14, plusieurs décharges d'Artillerie de leur camp de L'Ange Gardien sur celui de M. de Levis, et à 5 heures du soir ils recommencèrent le bombardement qui s'étoit ralenti depuis le 13 au matin, et il a toujours continué depuis avec une très grande vigueur jusqu'au 17 septembre.

Le même jour dans la matinée quatre chaloupes carcassières s'avancèrent sur des transports de troupes et de munitions qui partoient des vaisseaux pour le camp de L'Ange Gardien, mais 15 berges les attaquèrent et ils furent obligés de se retirer. Les carcassières furent à leur tour forcés à la même manœuvre par le feu des vaisseaux et du camp.

Le 16 au midi, une carcasse mit le feu dans une maison de la côte qui conduit de la basse à la haute ville, et il y eut neuf maisons brûlées dans ce premier incendie.

Le 17, quelques sauvages avec trois Canadiens qui s'étoient avancés près des ennemis à L'Ange Gardien, engagèrent 100 Anglois dans une embuscade, en ne faisant approcher du camp que les trois Canadiens seulement qui feignirent de fuir; ceux ci s'engagèrent avec le petit détachement ennemi qu'ils virent sortir, et les sauvages les voyant à portée firent une décharge complette, tuèrent plusieurs Anglois et en firent trois prisonniers.

M. de Levis fut terriblement échauffé cette nuit par les bombes et les batteries établies sur le bord du Saut de Montmorency. Il n'eut cependant que 58 hommes tués. Un vaisseau de guerre avec trois navires et deux bateaux passèrent le 18 pendant la nuit devant la ville et furent mouiller à une demi lieue au dessus. Ils envoyèrent ensuite mettre le feu à un brûlot qui étoit dans l'anse des Foulons et tâchèrent de rompre à coup de canon les cajeux qu'on avoit remorqués dans cette anse et échoués sur la grève, mais ils n'y réussirent pas. M. Dumas partit aussitôt avec 500 hommes pour s'opposer à la descente qu'il y avoit à craindre de ce côté là. On renforça ce détachement le lendemain et le surlendemain. La plus grande partie de la cavalerie s'y porta aussi; enfin on y rassembla environ 900 hommes. M. Dumas les partagea par pelotons depuis Québec jusqu'au Cap Rouge dans toutes les anses où on put débarquer.

Le 19, M. de Boishébert, capitaine de la Colonie, qui ramenoit 100 hommes de l'Acadie, rapporta qu'il y avait encore 30 bâtimens dans le fleuve, et depuis ce jour on ne put plus être informé des secours qui venaient aux ennemis, mais ils ont avoué depuis, que pendant le cours de la campagne, ils avoient fait entrer dans le fleuve 300 bâtimens dont 22 gros vaisseaux de guerre, plusieurs frégattes et 4 galiottes à bombes.

Le même jour on transporta à Samos à ¾ de lieue de la ville un mortier et quelques canons de 18. On y établit des batteries qui tirèrent avant la nuit sur le vaisseau de guerre qui étoit venu mouiller par le travers de l'anse du Foulon et on l'obligea de se haller au large.

Le 21, au point du jour, les Anglois descendirent 400 hommes à la Pointe aux Trembles, à 7 lieues audessus de Québec, qui y parcoururent les maisons où ils firent prisonnières environ 200 femmes dont la majeure partie étoit venue de Québec y chercher une retraite. Ils y trouvèrent aussi quelques hommes ; ils ont dit depuis que l'objet de cette descente était de prendre des connaissances de la situation réelle du Canada, soit par les papiers des habitants, ou en interceptant quelques lettres, mais le feu que quelques sauvages avoient faits sur eux, les avoient déterminés à s'assurer des femmes. Ils les ont au surplus traitées avec politesse et les renvoyèrent le lendemain à Québec dans un parlementaire. On perdit cependant deux Canadiens dans cette descente, deux autres furent blessés et on a ignoré combien il y eut d'Anglois tués, ils n'ont avoué que trois blessés dont un capitaine de grenadiers.

Pendant la nuit du 22, le bombardement fut très vif et une carcasse mit le feu dans les environs de la cathédrale qui fut consumée avec 16 maisons particulières.

Un parlementaire apporta le 23 quelqu'effets appartenant aux dames prises à la Pointe aux Trembles et deux frégattes tentèrent à la pointe du jour de passer vis-à-vis de la ville, mais le feu des batteries les fit revirer et retourner à leur mouillage.

Le 25, les vaisseaux mouillés audessus de Québec envoyèrent des berges attaquer les chaloupes carcassières, qu'on avoit placées le long de la côte de ce côté. Elles en prirent deux que les équipages avoient abandonnées et les autres furent sauvées par l'intrépidité de 15 Canadiens qui les dégagèrent par le feu de leur mousqueterie, et tuèrent 7 hommes aux Anglois.

Le 26 au matin, une patrouille des ennemis s'approcha du Sault de Montmorency. Elle fut attaquée par M. de Repentigny à la tête de 200 hommes pendant que les sauvages cherchoient à la harceler, mais une colonne entière vint au secours de cette patrouille, les contourna et les enveloppa eux-mêmes. Cependant M. de Repentigny fit la retraite en très bon ordre. Il n'eut que 12 hommes tués ou blessés et les sauvages assurèrent que les ennemis avoient perdu plus de 140 hommes. Le même jour le Sieur Lesris, officier de Milice qui avoit été faire la découverte du côté de la Pointe de Levy rencontra un détachement de 7 Anglois. Il en tua 4 et fit les trois autres prisonniers, quoiqu'il fut lui-même blessé considérablement et il n'eut qu'un homme tué.

Ces prisonniers apprirent que les Anglois avoient pénétré à St. Henry, l'une des paroisses des concessions de la Pointe Levy; qu'il y avoient pris le curé de cette Pointe qui s'y étoit retiré, 54 hommes en état de porter les armes, 64 femmes et 169 enfans, qu'ils y avoient tous fait passer sur un vaisseau après avoir enlevé une grande quantité de bestiaux.

Pendant la nuit du 27, le Sieur Courval, Canadien qui a donné les années dernières des preuves de valeur et qui commandoit un des navires du convoi du Sieur Kanon, conduisit 72 cajeux, chargés d'artifices sur la flotte ennemie; il s'acquitta en brave homme de cette commission, mais le succès ne répondit point à son zèle, quoiqu'il n'ait mis feu aux cajeux qu'à portée de fusil du premier vaisseau, car il n'y eut que 3 bâtimens de transport brûlés. Les berges ayant adroitement accroché des cajeux et le Sieur Courval vivement poursuivi, ne dut son salut qu'au secours que lui portèrent les chaloupes carcassières. Le Sieur Charest qui avoit passé quelques jours auparavant sur la Pointe de Levy en rapporta le 29 un nouveau placard que le général Wolf avoit fait afficher à la porte de l'Eglise de St. Henri. Il sera rapporté à la fin de cette relation. Il tendoit à intimider les habitans et les menaçoit des calamités qu'ils n'ont que trop éprouvées depuis; car jusqu'au jour que Québec a capitulé les ennemis se sont attachés à ruiner la campagne des environs et ils ont chaque jour brûlé maisons ou granges à la côte de Beaupré et dans les environs, et sur l'Isle d'Orléans et à la côte du sud. Les ravages qu'ils ont faits dans les campagnes sont immenses; mais il est singulier que

b

portant partout le feu et la destruction, ils n'ayent presque rien ménagé que les Eglises de ces campagnes.

Le 31, à dix heures du matin, deux vaisseaux de guerre vinrent échouer à pleine voile audessus du camp de M. de Levis, ils les canonnèrent très vivement pendant que 50 bouches à feu placées le long du Sault de Montmorency les foudroyoient aussi. Nous n'eûmes cependent que 30 hommes tués ou blessés du canon, des boulets ou des perdreaux. Les ennemis vouloient à la faveur de ce feu favoriser une descente nouvelle pour laquelle ils avoient une quantité de berges et des bateaux le long de leurs navires. Ils s'en détachèrent sur les 5 heures du soir et s'avancèrent aux deux vaisseaux qui s'étoient échoués le matin et débarquèrent 2,000 hommes qui marchèrent tout de suite en bataille au camp de M. de Levis. Dans le même instant un autre corps de 5,000 traversoit à gué le Sault de Montmorency au bas de sa chûte. Le premier peloton gagna la 1ère de nos redoutes audessous des retranchemens de M. de Levis qui faisoit des dispositions pour les arrêter, lorsque M. le Marquis de Montcalm lui ordonna de laisser les ennemis s'engager, afin disoit-il d'en détruire d'avantage. L'ardeur de frapper les emporta. Les Canadiens ne purent atteindre que les premiers rangs. Les milices de Montréal surtout s'avancèrent en même temps qu'ils en demandoient la permission et sous les ordres de M. de Levis chargèrent cette troupe avec tant de valeur qu'elle se retira précipitamment et battit la retraite ; une partie se rembarqua dans les berges et l'autre joignit le deuxième peloton de 5,000 hommes qui était demeuré en bataille et spectateur de l'action dans la traverse du Sault de Montmorency d'où il se retira au camp. Les équipages des vaisseaux échoués y mirent le feu et retournèrent à la flotte dans leurs chaloupes.

On a su que les Anglois eurent ce jour là 700 hommes tués ou blessés. Ils les enlevèrent tous, à l'exception de 68 morts qui furent abandonnés au pied de la redoute, avec quelques blessés qu'on fit porter à l'Hôpital Général ; parmi ces derniers, il se trouva un capitaine du Régiment Royal Américain qui mourut de ses blessures quelques jours après. Le 1er Août, M. le Marquis de Montcalm envoya du monde visiter les carcasses des vaisseaux brûlés. On y trouva de l'artillerie en bon état et on enleva une partie des ustensiles de toutes espèces propres à travailler à des retranchemens.

Le 2 il y eut une suspension d'armes de quelques heures, pour demander les hardes du capitaine du Royal Américain qui était prisonnier.

Les Anglois en demandèrent une autre le 4 pour envoyer ces effets, et le 5 il y en eut une 3e pour faire passer les réponses de M. le Marquis de Vaudreuil à deux lettres qu'il avait reçues de la part de l'amiral Saunders et du général Wolfe ; celle du premier étoit très polie, mais le général des troupes s'étendoit durement sur de prétendues cruautés exercée par les sauvages, et il le pressoit vivement pour ne pas employer ces barbares, disoit-il, dans la guerre actuelle. Beaucoup d'Anglois profitèrent de ces instants pour se rendre à Québec, et quelques François passèrent chez les ennemis.

Il y eut pendant la nuit du 6, une alerte dans la ville à l'occasion de quelques berges que les sentinelles avoient vu défiler, et cela fut confirmé vers midi par un courrier venant du Cap Rouge qui rapporta qu'il y en avoit beaucoup à une lieue et demie au dessus de Québec bordant la côte du sud. Ce mouvement détermina à envoyer du secours aux gardes établies dans cette partie qu'on avoit diminuées depuis le retour de M. Dumas qui fut remplacé par M. de Bougainville.

On fut informé le sept, que les vaisseaux qui avoient passé devant la ville étoient montés avec plusieurs berges jusques vis-à-vis de la Pointe aux Trembles.

(*La suite ne se trouve pas.*)

CAMPAGNE DU CANADA,

Durant tout l'hyver sécurité parfaite en Canada pour Québec, sur les dangers du fleuve St. Laurent, malgré les avis de tous côtés.

Le 20 de May, nouvelle à Québec d'une escadre angloise en rivière, alarme générale, ordre aux habitans de déserter leurs maisons depuis Québec jusqu'à St. Barnabé, aux femmes de se retirer dans les bois, aux hommes d'accourir à la capitale.

Le 30 de May, Mrs. de Vaudreuil, de Montcalm et de Lévis avec cinq bataillons et toutes les milices de la Colonie réunis à Québec, qui joint aux matelots et habitans de la ville composoient environ 15,000 hommes. Dès le 1er de May, M. de Bourlamarque avec trois bataillons et des milices étoient marchés à Carillon, avec ordre de faire sauter ce fort et celui de St. Frédéric à l'approche de l'armée angloise ; de se retirer à l'Isle aux Noix vers St. Jean, et de s'y retrancher, ce qui fut exécuté les premiers jours d Août.

Dans le même temps, on avoit envoyé les piquets et des milices à Niagara avec M. Poushot qui devoit prendre le commandement de ce fort ; vers le milieu de Juillet, il fut assiégé et pris par les Anglois qui avoient déjà battu le secours amené par M. de Lignery. Le général anglois y fut tué.

Pendant tout le mois de Juin, la flotte angloise arriva successivement avec les troupes de débarquement qui prirent poste à l'Isle aux Coudres, à l'Isle d'Orléans et à la Pointe de Lévy, sans obstacles, quoiqu'on eût envoyé dans tous ces lieux-là des sauvages et des Canadiens pour les harceler, mais qui en revinrent toujours sans tirer un seul coup de fusil.

Pendant le même mois on tint à Québec Conseils sur Conseils. Il fut résolu d'armer 8 navires en brûlots, de construire des chaloupes canonnières ; ces dernières furent de quelqu'avantage.

Dans le même tems encore on résolut de camper toute l'armée à Beauport, de fortifier la côte par des redoutes et des retranchemens et d'abandonner la défense de la ville aux matelots, pour servir l'artillerie, consistant en plus de 200 pièces de canon, et aux bourgeois formés en compagnie pour monter les gardes.

La nuit du 10 au 11 Juillet, l'armée angloise que l'on voyoit, avoit campé partie dans l'Isle d'Orléans, partie à la Pointe de Lévy, débarquèrent audela du Sault de Montmorency, y fortifièrent un camp avec plusieurs redoutes, y mirent 50 canons et plusieurs mortiers avec lesquels ils tirèrent nuit et jour sur l'aile gauche de notre armée dont ils firent rouler le camp, et où on ne mit plus que de grandes gardes.

La nuit du 12 au 13, ils démasquère à la Pointe Lévy une batterie, et quelques jours après plusieurs autres gros canons et de mortiers qui n'ont cessé de tirer, nuit et jour, sur la ville jusqu'au jour de la capitulation, c'est-à dire : pendant 64 jours.

Le mois de Juillet ne fut qu'un feu continuel des batteries de l'ennemy sur notre camp et sur la ville, et il y eut plusieurs incendies à différentes fois qui consumèrent près de 200 maisons.

Le 31 Juillet, l'ennemy fit placer deux vaisseaux, vis-à-vis du Sault, qui canonnèrent depuis midy jusqu'à 4 heures que l'ennemy formé en colonnes, attaqua nos redoutes, emporta la première, mais la seconde qui dominoit, le fit retirer avec perte de 4 à 500 hommes et leur général blessé.

Pendant ce temps là, et dans le mois d'Août, l'ennemy à la faveur de la nuit fit remonter audessus de Québec, à différentes fois, jusqu'à 20 vaisseaux de toute grandeur, ce qui divisa nos forces par la crainte d'un débarquement audessus de Québec, à la faveur de ces vaisseaux. Il alla brûler à Deschambeau, à 14 lieues audessus de Québec, les équipages des troupes et rendit très difficile l'arrivée des vivres qui venoient de Montréal. Tous les vaisseaux marchands et les frégattes du Roy étoient remontés 3 lieues plus loin. M. de Vauclain, capitaine de brûlots qui les commandoit offrit des projets très utiles qui ne furent point écoutés. Il n'avait pas même eu la conduite des brûlots. Les vivres commencèrent à manquer, on alloit être vaincu par la famine.   On invita tous ceux qui avoient de l'argent endelle (*sic*) à le donner pour des lettres de change à vue sur les banquiers de l'Intendant, avec lesquelles ou trouva du bled chez les habitants. On ne manqua jamais de bœuf, l'ennemy en eut des nôtres à discrétion, mais c'est que les habitans ne pouvoient les cacher comme leur bled.

Le premier de Septembre, les Anglois mirent le feu à toutes les habitations audelà de Montmorency et sur l'Isle d'Orléans, et brûlèrent en même tems leur camp qu'i s évacuèrent le trois, et firent repasser leur armée à la Pointe de Lévy ; ou auroit cru qu'ils se préparoient à repartir, mais la nuit du 8 au 9, ils firent passer ncore des vaisseaux audessus de Québec et embarquèrent de jour 3 ou 4,000 hommes. M. de Bougainville qui couvroit cette côte fut renforcé de l'élite des troupes, et avoit près de 4,000 hommes depuis Québec jusqu'au Cap Rouge (trois lieues) ; on se rassuroit sur la nature du rivage très élevé, escarpé et boisé.   On crut que le dessin de l'ennemi étoit d'aller dévaster les côtes avant de faire sa retraite au pied du rampart, dans un endroit appelé l'Anse des Mères ; la côte étoit dépouillé de bois, mais paroissait si difficile et si haute qu'on avoit cru inutile d'y faire une redoute, et qu'on n'y mettoit qu'une garde de 30 ou 40 hommes seulement, pour être avertis.

Ce fut dans ce lieu que l'ennemi, le 13, à quatre heures du matin débarqua, surprit la garde endormie, gagna la hauteur au nombre de plus de 4,000 et y fut formé en bataille avant huit heures.   Tout le camp de Beauport y fut rendu à cette heure là.   M. le Marquis de Montcalm forma trois colonnes, attaqua, et le sort de Québec fut décidé à 9 heures. Du côté de l'ennemy, le général fut tué, son second blessé dangereusement ; du nôtre le second général tué sur la place et M. le Marquis de Montcalm blessé mortellement à ne vivre que 12 heures.   Ce malheur attira une fuite et une désertion générale, personne ne voulut plus reconnoitre d'autorité et de commandant.   M. le Marquis de Vaudreuil, entrainé par le torrent, n'attendoit que la nuit pour se retirer, abandonnant tous les baggages et la ville avec trois jours de vivres seulement.

La perte de notre port fut de 5 ou 600 tués ou blessés, à peu prè autant du côté des Anglois. La ville capitula le 17 Sepsembre, et la garnison non prisonnière, eut tous les honneurs de la guerre.

— — —

Lettre de M. Bernier à M. le Duc de Belle Isle, à Québec, le 19 Septembre 1759.

Monseigneur,

J'ai l'honneur de vous adresser cy inclu, le triplicata de mes dépêches du printemps, qu'il n'a pas été possible de faire passer plutôt, par l'interruption de toute communication entre ce pays et la France. Je souhaite qu'elle puissent vous prouver mon exactitude et mon zèle pour le service. Elles vous peindront notre situation d'alors, mais tout a encore changé de face malheureusement, depuis ce temps là. Elle vous sera assez connue par tant d'autres endroits, sans que j'entre dans ce détail dans celle que j'ai l'honneur de vous écrire aujourd'huy.

Le précis historique de notre campagne, heureuse dans les commencements et déplorable dans ses suites, est tout ce que me permet de faire la brièveté du tems, et le travail immense où l'on peut être, dans une ville prise inopinément et dont la garnison doit être embarquée dans les vingt-quatre heures de sa capitulation ; ce que la prudence ne me permet peut-être pas d'écrire ; M. le Chevalier de Bernetz, et beaucoup d'autres officiers qui repassent en France, pourront vous en instruire.

Il ne m'est pas possible de vous donner, dans ce moment, la situation présente des troupes de terre ; elles sont plus affoiblies par ce qui est tombé au pouvoir de l'ennemy, que parce qu'elles ont pu souffrir par les maladies.

Au reste, je ne puis trop me louer des facilités que j'ay trouvées avec Mrs. les Généraux Anglois, dans les fonctions de ma charge et surtout relativement au dernier traité de cartel.

Par la suite, lorsque le cahos dans lequel nous sommes sera dissipé, j'auray l'honneur de vous rendre un compte exact de tout ce qui aura eu rapport à mon ministère.

Je joins ici un état des tués et blessés dans la journée du 13, aussi exact qu'il m'a été possible de me le procurer, n'ayant eu aucune communication avec notre armée, nous laissant encore ignorer ce qui restoit de son côté.

J'ay arrêté la revue des troupes de terre prises dans la ville, consistant en cinq piquets, et faisant en tout 17 officiers et 174 soldats, où j'ay spécifié les dernières revues que j'ay arrêtées à leurs corps respectifs, et d'après quoy ils pourront être payés en France de leurs appointements. J'en ay remis un état à M. le Chev. de Bernetz, le tems ne me permettant pas d'en faire plusieurs copies que j'enverray par la suite.

M. le Chevalier de Bernetz qui s'est distingué dans la défense de la place, et sur qui le plus grand fardeau a roulé par la maladie du commandant titulaire, vous dira, Monseigneur, mieux que je ne pourrais l'écrire, la situation où il nous a laissés.

M. Marcel, aide de camp de M. le Marquis de Montcalm, honoré de la confiance de son général, sera très capable de suppléer à ce que le premier pourroit omettre.

J'ai l'honneur d'être avec un profond respect,

Monseigneur,

BERNIER.

P. S. Ayant pû avoir à tems une copie de la revue que j'ai faites aux troupes de terres qui se sont embarquées, j'ai l'honneur de vous l'adresser, indépendamment de celle remise à M. de Bernetz pour servir au débarquement des troupes.

Votre très humble et très obéissant serviteur,

BERNIER.

M. de Vaudreuil au ministre.—Du quartier général à St. Augustin, à 4 lieues de Québec, le 21 Sept. 1759.

MONSEIGNEUR,

J'ai l'honneur de vous rendre compte que la nuit du 12 au 13

de ce mois, le général Wolfe ayant fait le débarquement de son
armée à l'Anse des Mères, s'empara des hauteurs derrière Québec.
M. le Marquis de Montcalm, qui en fut le premier informé, jugea,
sans doute, que ce n'étoit qu'un détachement. Ce Général emporté
par son zèle et sa grande vivacité, fit marcher les piquets des
différens corps, partie des bataillons, des Canadiens, et avança
lui-même sans me faire part de ses dispositions.

Aussitôt que je sus ce mouvement, Monseigneur, je craignis
qu'on n'engageât l'action avant la réunion du corps que commandoit M. de Bougainville, composé de l'élite de nos troupes; je fis
avancer le reste de nos forces à l'exception des postes de la ligne de
Beauport, je partis de suite pour me mettre à la tête de l'armée.

M. le Marquis de Montcalm attaqua malheureusement avant
que je l'eusse joint; il vit sa défaite dans le même moment, et
le désordre si grand dans les troupes que forcé de se retirer lui-
même y fut blessé mortellement.

Lorsque j'arrivai, Monseigneur, au champ de bataille, la fuite
était si générale que je ne pus arrêter le soldat. Je ralliai environ
1,000 Canadiens, qui par leur bonne contenance, arrêtèrent l'ennemi dans sa poursuite.

M. de Ramezay, qui commandoit à Québec, rendit la place le 18
de ce mois, aux conditions portées par la capitulation dont copie
est ci jointe. Je m'attendois à une plus longue résistance ayant
pris les mesures les plus justes pour faire entrer dans cette ville
des vivres et des forces. M. de Ramezay en étoit instruit.

J'avois rappelé M. le Chevalier de Lévis après la blessure de
M. le Marquis de Montcalm, et aussitôt son arrivée, je marchai
avec l'armée dans la confiance de dégager Québec.

J'espère Monseigneur, que vous voudrez bien témoigner au
Roi la vive douleur que j'ai ressentie de cet événement, dans un
moment si inattendu. Je vous supplie d'assurer Sa Majesté que
j'ai pris les mesures les plus justes, non seulement pour conserver
ses possessions, mais encore pour réparer nos pertes, si les circonstances le permettent.

M. le Chevalier de Lévis réunit les qualités d'un excellent
général; je me conseillerai avec lui sur tous les cas.

c

Je remets à un autre tems, Monseigneur, à vous faire des détails sur notre position.

Je suis avec un très-profond respect,
Monseigneur,
Notre très humble et très Obéissant Serviteur,
VAUDREUIL.

----

18 Septembre, 1759.

ARTICLES de Capitulation demandés par M. de Ramsay, Lieutenant pour le Roy, Commandant la haute et basse ville de Québec, Chevalier de l'ordre royal et militaire de St-Louis, à S. Ex. M. le Général des troupes de Sa Majesté Britannique.

LA Capitulation demandée d'autre part a été accordée par S. Ex. Général Townshend, brigadier des armées de Sa Majesté Britannique, de la manière et aux conditions exprimées ci-dessous.

ART. 1er.

M. de Ramezay demande les honneurs de la guerre pour sa garnison, et qu'elle soit ramenée à l'armée en sureté par le chemin le plus court, avec armes, bagages, six pièces de canon de fonte, deux mortiers ou obusiers et douze coups à tirer par pièce.

1.

La garnison de la ville composée des troupes de terre, de marine et matelots sortiront de la ville avec armes et bagages, tambours battans, mèche allumée avec deux pièces de canon de France, et douze coups à tirer pour chaque pièce, et sera embarquée le plus commodément qu'il sera possible pour être mise en France au premier port.

ART. 2.

Que les habitants soient conservés dans la possession de leurs maisons, biens, effets et privilèges.

2.

Accordé en mettant bas les armes.

ART. 3.

Que les dits habitants ne pourront être recherchés pour avoir

3.

Accordé.

porté les armes à la défense de la ville, attendu qu'ils y ont été forcés, et que les habitans des Colonies des deux Couronnes y servent également comme milices.

ART. 4.   4.

Qu'il ne sera point touché aux   Accordé.
effets des officiers et habitans
absens.

ART. 5.   5.

Que les dits habitans ne se-   Accordé.
sont point transférés ni tenus de
quitter leurs maisons jusqu'à ce
qu'un traité définitif entre S. M.
T. C. et S. M. B. ait réglé leur
état.

ART. 6.   6.

Que l'exercice de la Religion Libre exercice de la Religion Catholique, Apostolique et Ro- romaine ; sauve-garde accordée maine sera conservé. Que l'on à toute personne religieuse ainsi donnera des sauves-gardes aux qu'à M. l'Evêque, qui pourra maisons des ecclésiastiques, re- venir exercer librement et avec ligieux et religieuses, particuliè- décence les fonctions de son état rement à M. l'Evêque de Qué- lorsqu'il le jugera à propos, jus- bec, qui, rempli de zèle pour la qu'à ce que la possession du religion et de charité pour le Canada ait été décidée entre S. peuple de son diocèse, désire y M. B. et S. M. T. C. rester constamment, exercer li- brement et avec la décence que son état et les sacrés mystères de la religion romaine requerront, son autorité épiscopale dans la ville de Québec, lorsqu'il le jugera à propos, jusqu'à ce que la posses- sion du Canada ait été décidée entre S. M. T. C. et S. M. B.

ART. 7.

Que l'artillerie et les muni-   **Accordé.**
tions de guerre seront remises de
bonne foi, et qu'il en sera dressé
inventaire.

ART. 8.

Qu'il en sera usé envers les   **Accordé.**
blessés, malades, commissaires,
aumoniers, médecins, chirurgiens,
apothicaires et autres personnes
employées au service des hôpitaux, conformément au traité
d'échange du 6 Février 1759,
convenu entre LL. MM. Très-
Chrétienne et Britannique.

ART. 9.

Qu'avant de livrer la porte et   **Accordé.**
l'entrée de la ville aux troupes
angloises, leur général voudra
bien remettre quelques soldats
pour être mis en sauve-garde
aux Eglises, Couvents et prin-
pales habitations.

ART. 10.

Qu'il sera permis au Lieute-   **Accordé.**
nant de Roy, commandant dans
la ville de Québec, d'envoyer informer M. le Marquis de Vaudreuil, Gouverneur Général, de
la reddition de la place, comme
aussi que ce Général pourra
écrire au Ministre de France
pour l'en informer.

ART. 11.

Que la présente Capitulation   **Accordé.**

sera exécutée suivant sa forme
et teneur, sans qu'elle puisse
être sujette à inexécution, sous
prétexte de réprésailles, ou d'une
inexécution de quelque capitulation précédente.

Le présent Traité a été fait et arrêté double entre nous au
camp devant Québec, le 18 Septembre 1759. Signé et scellé.

Signé à la minute,   CHS. SAUNDERS,
                            GEO. TOWNSHEND,
                            DE RAMEZAY.

————

LETTRE de M. le Chevalier de Montreuil au Minis-tre—Au camp de la Pointe aux Trembles, 22 7bre 1759.

MONSEIGNEUR,

L'échec que nous avons eu le malheur d'essuyer le 13 de ce
mois, sur les hauteurs de Québec, a été occasionné par la surprise
d'un poste entre l'Anse des Mères et celle du Foulon, à la distance
d'un demi quart de lieue au Nord audessus de Québec. Un corps
d'environ 4.500 Anglois eu le tems de se former dans la plaine
avant l'arrivée de notre petite armée campée sous Beauport d'où
on avait détaché, dès que les ennemis eurent fait passer plusieurs
vaisseaux audessus de Québec, cinq compagnies de Grenadiers,
cinq piquets des troupes de terre de cinquante hommes chacun,
cent soldats volontaires, pris sur les cinq bataillons, 500 Canadiens
choisis et environ six cents pris au hasard, pour être aux ordres de
M. de Bougainville qui devoit observer les mouvements des ennemis audessus de Québec, où ils avaient fait passer 22 bâtimens,
dont un vaisseau de 50 canons et plusieurs frégates. Ce corps
d'élite, dont la plus grande partie étoit au Cap Rouge, à deux
lieues et demie de l'endroit où les ennemis débarquèrent, fut averti

trop tard et n'arriva sur le chemin de St. Foix, en présence des ennemis, que deux heures après la perte du combat qui commença à dix heures; si M. de Montcalm avoit tardé d'un instant à marcher aux ennemis, ils eussent été inattaquables par la position favorable dont ils alloient s'emparer, ayant même commencé des retranchemens sur leurs derrières. Le détachement de M. de Bougainville auroit eu plus que le temps de venir à notre secours s'il avoit été averti de bonne heure, comme on devoit l'espérer, par la disposition de ses postes depuis Québec jusqu'au Cap Rouge où il étoit pour lors de sa personne. M. le Marquis de Montcalm ne le voyant point arriver, ne put que penser qu'il n'avoit pas été averti du tout, et se détermina à attaquer, voyant sa perte certaine s'il attendoit plus longtems, et l'impossibilité de déposter les ennemis s'ils s'étoient rendus maîtres une fois de la hauteur nommée la Côte d'Abraham, à une demi portée de canon de Québec. On ne manquera pas de vous rendre compte verbalement ou par écrit, de même qu'au ministre de la marine, qu'il s'est trop précipité pour attaquer ; qu'il devoit attendre le secours de M. de Bougainville et disputer le terrain par des fusillades. Tous ces moyens n'auroient pas empêché l'ennemi de s'établir sur la Côte d'Abraham dès qu'on lui auroit donné du temps. Quoique je regardois M. le Marquis de Montcalm trop lumineux pour ôser luy donner aucun conseil, je pris cependant la liberté de luy dire, avant qu'il eut donné l'ordre du combat, qu'il n'étoit pas en état d'attaquer les ennemis vu le petit nombre de son armée. N^a. qu'indépendamment des 2,000 hommes détachés avec M. de Bougainville, on en avoit envoyé 800 dans les pays d'en haut, dont cent soldats choisis sur les cinq bataillons présent à l'affaire du 13 de ce mois. Permettez-mois, s'il vous plait, Monseigneur, de vous exprimer la vive douleur que je ressens de cet événement fâcheux, et de la perte de M. le Marquis de Montcalm. Je servirai avec le même zèle et la même application sous les ordres de M. le Chevalier de Lévis ; je me flatte retrouver en lui les même bontés que se premi·r avoit pour moy, et jöse faire serment devant vous, que quelques jours avant sa mort, il me fit l'honneur de me dire qu'il vous supplieroit de vouloir bien m'honorer du grade de Brigadier, de préférence à tout autre de cette armée. Vous m'avez fait espérer, Monseigneur, par la lettre que vous avez écrite à M. le Marquis de Montcalm à mon sujet l'année dernière que j'aurois le bonheur d'être décoré de ce grade dans peu. Honorez-moi à présent, je vous supplie, de votre protection et bonté.

Je suis avec le plus profond respect,
Monseigneur,
Votre très humble et très-obéissant serviteur.
CHEVALIER DE MONTREUIL.

LETTRE de M. Daine au Ministre. — Québec, 9 Octobre, 1759.

MOMSEIGNEUR,

Occupé sans relache depuis l'arrivée des Anglois devant Québec, jusqu'au jour de sa reddition, je n'ay pu tenir un journal exact de ce qui s'est passé ; ainsi, je n'enverray aucun détail à cet égard. Je vais seulement avoir l'honneur de vous rendre compte de ce qui a donné lieu à la capitulation que M. de Ramezay, qui y commandoit, a fait le 18 du mois passé, après la tenue d'un conseil de guerre où tous les officiers de la garnison ont donné leur avis par écrit.

J'ay aussi eu l'honneur de vous informer par ma précédente, que le 13 du même mois, nous avions perdu une bataille, presque sous les murs de la ville, et beaucoup d'officiers des différens bataillons qui étoient à cette action, du nombre desquels étoient M. le Marquis de Montcalm et M. de Senezergues, brigadier ; que le reste de l'armée qui avoit échappé devoit se replier sur la ville ; qu'au lieu de cela, elle avoit pris la fuite en désordre et avec confusion, et avait abandonné cette malheureuse ville à elle même, sans deffenses, sans vivre et sans un nombre suffisant d'hommes en état de la deffendre, comme vous avez pu en juger, Monseigneur, par le détail que j'ai eu l'honneur de vous en faire sans partialité ; mais comme ma lettre pourroit avoir été interceptée, permettez-moi de vous renouveller ce détail.

Après la bataille du 13, M. le Marquis de Vaudreuil fit dire au commandant de tenir bon ; qu'il alloit envoyer des secours de

toutes espèces, ce qui engagea ce commandant de différer à capituler ; voyant, après avoir attendu 4 jours sans effet, il se détermina enfin à capituler du consentement unanime de ceux qui
composoient le conseil de guerre ; et sur les demandes réitérées
de tous les officiers qui avoient une parfaite connaissance de la
résistance que pourroit faire une aussi mauvaise place, avec
d'autant plus de raison qu'il n'avoit pour nourrir 800 hommes,
employés aux batteries de la haute et basse ville, 5 à 600 combattans, la plupart exténués et de mauvaise volonté et 2,676
personnes, femmes et enfans, suivant les renseignements que j'en
pris en ma qualité de Lieutenant Général de police de la ville,
que 18 quarts de farine, 23 de blé d'inde et 25 de riz, peu de
lard et quelques autres raffraichissements ; de manière qu'il
avoit tout au plus pour un jour et demy de vivres en réduisant
même la ration. Dans cette extrémité, et pour ne pas exposer la
garnison et le peuple à un assaut général, et par là à la fureur
du vainqueur, suivant les lois de le guerre, le commandant jugea
qu'il n'y avoit plus à reculer. Il fit donc la capitulation la plus
honorable qui ait jamais été faite.

Je ne vous entretiendrai plus, Monseigneur, de la défectuosité
des fortifications de cette place, ouverte de tous les côtés, n'étant
fermée que par une simple palissade en différens endroits, parce
que je l'ay fait par une de mes précédentes.

Dans une pareille position peut-on dire avec justice que le
Commandant s'est trop pressé et qu'il auroit pu attendre ; non
sans doute, à moins d'exposer sa garnison et le peuple à être
passé au fil de l'épée, ce qui seroit indubitablement arrivé.

Jamais déroute n'a été plus complête que celle de notre armée.
La postérité aura peine à le croire.

Le centre de la Colonie est encore au Roy, et il n'y a pas
d'apparence, la saison étant trop avancée, que l'ennemy puisse
pénétrer ni par les rapides, ni par l'Isle aux Noix. Nous ne
pouvons avoir aucunes nouvelles de ces continens, la communication étant bouchée.

Les habitants de Québec, et ceux des paroisses des environs ne
pouvant pas être transportés en France aux termes de l'article 5,
de la capitulation, ils n'ont pu se dispenser pour conserver leurs
possessions de prêter serment de ne point porter les armes contre

le Roy d'Angleterre, et de promettre de ne donner aucun avis aux Français qui puisse préjudicer à son service. Dans ces circonstances ils ont souhaité que je reste dans la ville, pour juger les contestations qui naîtroient entr'eux, suivant nos loi̇s et nos constitutions. Je m'y suis déterminé du consentement des Généraux Anglais, jusqu'à l'année prochaine que je passeray en France à moins qu'un traité entre les deux couronnes ne rende cette ville infortunée au Roy.

Je n'ay pris ce parti, Monsieur, que dans la vue d'être utile au Roy, et aux pauvres habitans de la ville et des paroisses voisines, qui souffrent et qui gémissent faute de vivres et d'argent pour en acheter, par le défaut de circulation de la monnaie d'ordonnance.

Vous m'avez jusqu'à présent honoré de vos bontés, elles me sont extrêmement nécessaires aujourd'huy que je suis ruiné par la perte de mes emplois, et du peu de meubles et effets que j'avois, ce qui me réduit à la plus extrême indigence, n'ayant point de fonds en France.

Il est bien triste pour moy, Monseigneur, après 44 ans de service, avec autant de zèle que de désintéressement, de me voir à la veille de mourir de faim avec ma famille, si vous n'avez la bonté de me continuer votre protection pour obtenir quelques grâces du Roy, et un employ qui puisse me faire subsister.

Je suis avec un très-profond respect,

Monseigneur,

Votre très humble et très-obéissant serviteur,

DAINE.

Extrait d'un Journal tenue à l'armée que commandait feu M. le Marquis de Montcalm, Lieutenant Général.

13 Octobre, 1759.

On s'attendait en Canada, depuis la paix de Louisbourg, à être attaqué cette année de tous les côtés en même tems. Québec seule barrière de cette Colonie du côté du fleuve, étant par la nature de ses fortifications, hors d'état de soutenir un siège, on songea, dès l'hiver, à la mettre au moins à l'abri d'un coup de main. Les ordres du ministre venus par les premiers vaisseaux, en annonçant les projets de l'ennemi sur cette place, pressaient M. de Vaudreuil de ne rien omettre pour la mettre en état de défense. Cependant, les travaux languissaient encore ; mais l'arrivée d'une flotte de 13 voiles au bas du fleuve, dont on reçut la nouvelle le 23 Mai, tira les esprits de leur assoupissement ; M. de Montcalm était déjà à Québec : M. de Vaudreuil y descendit peu de jours après. Il se tint plusieurs conseils où la défectuosité des fortifications de la place parut de nouveau ne pas laisser la plus légère espérance d'y pouvoir tenir ; il fut seulement arrêté :

Que l'on clorait la ville du côté du fleuve, qui était absolument ouverte, soit en murailles, soit en pallissades.

Que l'on augmenterait les batteries de la basse ville, dont les communications avec la haute seraient coupées, et défendues par de l'artillerie, et que les remparts seraient garnis de canons, tant du côté de la terre que du côté du fleuve ;

Que l'on formerait de nouvelles batteries au chantier du Palais, tant pour deffendre l'entrée de la Rivière St. Charles, que pour flanquer la partie vulgairement appelé Canoterie ;

Que la rive droite de cette rivière, serait bordée de retranchemens depuis son embouchure jusqu'à l'Hôpital Général. Qu'on y échouerait deux navires où l'on établirait des batteries ; qu'on y jetterait enfin une estrade pour prévenir les surprises que les ennemis pourraient tenter de ce côté là, pour s'aller emparer des hauteurs qui commandent la ville ;

Que la côte depuis la Rivière St. Charles jusques au Sault de Montmorency, serait bordée de retranchemens où l'on pratiquerait, de distance en distance, des redoutes et des redens, garnis de batteries dont le feu pourrait se croiser en différens points, et que l'on prendrait aussi quelques précautions du côte de l'Anse des Mères et de Sillery, quoique l'on eut jugé cette partie inaccessible ;

Que l'on construirait un ponton de figure exagone, qui pourrait porter 12 pièces de canon de gros calibres, et 6 chaloupes canonnières qui porteraient chacune une pièce de 24 : que l'on placerait sur une gabarre 4 pièces de 8, et que l'on disposerais 8

bateaux plats, à en recevoir chacun une du même calibre ; tous
ces bâtimens étaient destinés à être placés de manière à défendre,
pendant la nuit, les approches tant de la ville que les retranchemens, et devaient eux-mêmes pousser en avant des canots d'écorce
qui, patrouillant toutes les nuits, seraient à portée d'avertir des
moindres mouvemens de l'ennemi.

Tel était le plan que je proposais dans le mémoire que m'avait
demandé feu M. le Marquis de Montcalm sur les opérations relatives à la marine ; il ne fut d'abord point suivi, mais on y revint
vers le milieu de la campagne.

Que l'on établirait 8 batimens en brûlots, et que l'on ferait
construire 120 cajeux, chargés de matières combustibles, pour
être lancés sur la flotte ennemie lorsqu'elle serait à portée.

Ces cajeux furent lancés vers la fin de Juillet, on prit mal le fil
du courant, et ils ne produisirent aucun effet.

Qu'enfin le reste de nos navires remonteraient le fleuve jusques
aux Trois Rivières, et Montréal même, et que l'on y placerait la
plus grande partie de nos navires dont on ne garderait dans la
place que de quoi faire subsister l'armée pendant un mois.

M. de Montcalm voulait, dans le principe, qu'on y en gardât
que pour 15 jours, n'osant se flatter de pouvoir arrêter le premier
effort de l'ennemi, il parla de lui abandonner cette place dans le
même moment où il en faisait dépendre le sort de tout le Canada,
comme on le peut voir par l'article 6 de la capitulation dont il
donna dès lors le projet,

Quand à la composition de l'armée, elle consistait en 5 bataillons
des troupes de terre (environ 1,600 hommes).

Environ 600 des troupes de la Colonie, 10,400 Canadiens
répandus sur les batteries, 918 sauvages de différentes nations, et
un corps de cavalerie composé de 200 volontaires, pris dans les
différens corps et destinés tant à se porter promptement partout
où l'ennemi se présenterait, que pour rester à la suite des généraux
et pour les ordonnances, en total, 13.718 combattans.

La formation de ce corps donna, dans le principe, lieu à beaucoup de plaisanteries : M. de Montcalm n'en avait point donné
l'idée ; on est depuis universellement convenu qu'on en avait tiré
de grands services.

On n'avait pas compté sur une armée aussi forte parcequ'on ne

s'était pas attendu à avoir un si grand nombre de Canadiens ; on
n'avait eu intention d'assembler que les hommes en état de soutenir les fatigues de la guerre ; mais il régnait une telle émulation
dans ce peuple que l'on vit arriver au camp des vieillards de 80
ans, et des enfans de 12 à 13 ans, qui ne voulurent jamais profiter de l'exemption accordée à leur âge ; jamais sujets ne furent
plus dignes des bontés de leur Souverain, soit par leur constance
dans le travail, soit par leur patience dans les peines et les
misères qui dans ce pays ont été extrêmes ; ils étaient dans
l'armée, exposés à toutes les corvées.

M. de Montcalm voulut que l'on incorporât les milices dans
les bataillons, et M. de Vaudreuil y consentit ; tout fut donc
assujetti à un service régulier.

On n'omit aucun des moyens que l'on put imaginer pour se
procurer, dans l'exécution des différens arrangemens, la plus
grande promptitude.

Cependant, la flotte ennemie à la faveur d'un vent de N. E.
qui a constamment régné tant qu'il en ont eu besoin, avançait et
grossissait de jour à autre dans le fleuve.

L'avant garde (13 bâtimens, grands et petits) se trouva dès
les premiers jours de Juin mouillée sous l'Isle aux Coudres ; les
Anglais n'y descendirent cependant que 3 jours après y être arrivés ; ils craignirent d'abord d'y trouver des embuscades, mais
enfin, reconnaissant qu'elle avait été absolument abandonnée, ils
s'y répandirent sans précautions ; les habitans de la Baye St. Paul
le remarquèrent du haut de leurs montagnes, ils en donnèrent avis,
et sur cela on résolut d'y envoyer M. de Niverville, officier de la
Colonie, avec un détachement de Canadiens et de sauvages pour
tâcher de faire des prisonniers ; il s'y présenta, mais la vue des
Anglais intimida les sauvages ; ils refusèrent de donner et il fallut
renoncer à l'entreprise. Il se trouva dans les Canadiens un jeune
Canadien nommé Desrivières, qui, indigné de la lâcheté de ses
compagnons, leur déclara que ne voulant pas partager avec eux
la honte d'avoir abandonné sans raison un projet dont l'exécution
était si facile, il allait l'entreprendre seul ; alors quelques habitans
de l'Isle qui se trouvaient dans le même détachement offrirent de
l'accompagner ; ils partent au nombre de 10 et reviennent bientôt
après avec trois jeunes gardes marines qu'ils avaient pris.

Nous n'apprimes par ces jeunes gens que ce que nous sçavions déjà des projets que l'Angleterre formait contre le Canada ; ils ne nous annoncèrent rien, soit pour les forces, soit pour les opérations qui ne se voit vérifié depuis ; ils nous dirent que la flotte portait 30,000 hommes, en réunissant les troupes et les matelots, et cela était exact ; mais il nous parût par leur déposition que l'Amiral Durel, qui commandait cette première division, était inquiet du reste de la flotte ; ils nous ajoutèrent, qu'au moment où ils avaient été pris, il se trouvait sur le rivage plus de 600 personnes sans armes, que le moindre détachement eût put détruire ; qu'ils étaient restés trois jours sur leurs bords, sans ôser descendre à terre, et qu'ils ne s'étaient déterminés à y envoyer leurs canots, que sur ce que d'après leurs observations ils s'étaient bien convaincus qu'il ne restait personne dans l'Isle ; qu'au reste, l'Amiral aurait donné les ordres les plus précis de laisser les propriétés dans l'état où elles se trouvaient, et menacé des peines les plus sévères ceux qui commettraient quelques désordres.

Le 8 Juin, 8 bâtimens montés jusques au Cap Tourmente, envoyèrent sonder la traverse de l'Isle d'Orléans où l'on avait détruit toutes les marques établies pour en faire connaître le canal ; rien ne s'opposant à leurs opérations, ils se trouvèrent le 14 en état de venir mouiller vis-à-vis de St. François où ils envoyèrent sur-le-champ deux chaloupes ; ils comptaient encore trouver cette partie abandonnée ; ils se trompèrent ; nous avions un parti assez considérable de Canadiens et de sauvages ; mais l'impatience qui transporta ces derniers, à la vue des Anglais, (ce qui arrive ordinairement) ne nous permit point de tirer de la confiance avec laquelle ces berges se présentaient au débarquement, tout l'avantage que nous en pouvions tirer et attendre. M. de Courtemanche, officier de la Colonie, qui commandait ce corps avait donné à sa troupe l'ordre de laisser descendre les Anglais, et même celui de ne point s'opposer à leur rembarquement, espérant de les disposer par là à revenir le lendemain en plus grand nombre et encore avec plus de sécurité ; cette ruse eût pu réussir ; mais les sauvages ayant jetté leur cri, même avant que les chaloupes eusent abordé au rivage, elles reprirent le large après avoir essuyé quelques coups de fusils qui ne blessèrent personne.

Le 16, M. Le Mercier, commandant de l'artillerie, obtint de M.

de Vaudreuil l'ordre de faire transporter à l'Ile d'Orléans 4 pièces
de canon, dont il tira quelques volées sur les vaisseaux. Ceux ci
ripostèrent et cette artillerie fut rapportée à la ville; ce ne sera pas
ici la seule occasion où l'on appercevra qu'il a été perdu du tems.
Quelques berges anglaises qui s'étaient avancées pour reconnaître
une des anses de cette isle ayant été apperçues des sauvages,
furent vivement poursuivies par eux; ils en joignirent une qu'ils
enlevèrent; il s'y trouva 8 hommes; ces prisonniers confirmèrent
ce que les trois gardes marines avaient avancé; ils ajoutèrent
seulement, que les vaisseaux devaient s'embosser devant la ville.

Le seul service que rendit l'artillerie, transportée à l'Isle
d'Orléans, fut d'en imposer à ces berges dont l'objet était de
s'emparer d'une goëlette armée en brûlot que l'on avait fait
avancer dans cette partie.

Le 26 au soir, le gros de la flotte se trouva mouillé à l'Isle
d'Orléans; un vaisseau et 2 frégattes s'avancèrent le 27 au matin,
pour observer la ville; M. Wolfe y était, et nous avons appris
depuis, que dès qu'il eut prit une connaissance exacte de la ville,
et de nos retranchemens que l'on perfectionnait déjà, il ne dissimula
point à quelques-uns des principaux officiers de l'armé qu'il avait
avec lui, qu'il ne se flattait plus de réussir. Ces trois bâtimens
se retirèrent dans l'après midi, et le soir même, malgré un vent du
N. E. qui soufflait assez violemment, M. Wolfe fit exécuter vers
St. Laurent, un débarquement où il ne trouva aucune résistance.
Le détachement de M. de Courtemanche était alors de 800
hommes Canadiens et sauvages, il eut ordre de rejoindre l'armée;
on avait quelque jours auparavant fait sortir de l'Isle toutes les
familles d'habitans et les bestiaux.

Toute la flotte paraissant enfin rassemblée, on pensa qu'il était
à propos de faire opérer les brûlots, avant que l'ennemi auquel
on ne voulait point disputer le terrein à la Pointe de Levy, fut
maître des deux rives du fleuve; ils eurent donc ordre de se préparer à partir, et dès le soir même ils mirent à la voile à la faveur
d'un petit vent de S. O. au nombre de 7 seulement, le 8e avait
été brûlé dans le port, par l'imprudence des gens qui le prépa_
raient, et le bâtiment par lequel il devait être remplacé n'était
poit encore prêt, mais deux causes concoururent à l'irréussite de
cette expédition. On n'avait point enchaîné ces brûlots deux à

deux, comme on en était convenu, et les conducteurs eurent la
lâcheté d'y mettre le feu et de les abandonner à plus d'une lieue
et demie de flotte ; quelqu'indigné que l'on fût dans l'armée de
la conduite des commandants de ces brûlots, M. de Vaudreuil ne
voulut cependant leur rien dire de désagréable, et il les employa
dans le moment même sur différentes batteries. Cet essai a coûté
au Roi environ un million, et la vie au Sieur Dubois de la
Miltière, jeune homme d'espérance qui commandait un de ces
brûlots ; son second éprouva le même sort.

Le mémoire que j'avais remis à M de Montcalm contenait
également mon avis sur l'usage des brûlots ; après y être entré
dans le détail de l'utilité que l'on en pouvait retirer, j'expliquais
suivant les connaissance que je puis avoir acquises du métier, et ce
que j'avais souvent ouï dire à des marins éclairés, tant les précautions à prendre dans la préparation de ces bâtimens, que la conduite qu'il y aurait à tenir pour les mettre à portée de remplir
l'objet qu'on se proposait ; j'avais surtout insisté sur la nécessité
de les enchaîner 2 à 2, et je crois que tous les marins entendus
conviendront qu'il n'était guères possible d'en tirer partie dans
un courant dont tout le monde connait la rapidité. Mon mémoire
fut lu au conseil.

Le 29 au soir, les Anglais firent leur débarquement sur la côte
du Sud à la Pointe de Beaumont. M. de Léry, officier de la
Colonie, qui y était en observation avec un détachement, pensa y
être surpris, il n'eut que le temps de se sauver après avoir perdu
quelques uns de ses gens.

Le 30 au matin, les ennemis, suivant le bord de l'eau, parurent
à la Pointe de Levy au nombre de 3,000 hommes ; un détachement de sauvages, que nous avions fait passer dans cette partie,
fusilla à la faveur des bois avec eux tout le soir, leur tua du
monde et firent un prisonnier, suivant la déposition duquel nous
devions être attaqués la nuit suivante ; cela déconcerta le projet
que l'on avait formé de faire passer le fleuve à un gros corps de
troupes, pour aller chasser l'ennemi de cette partie avant qu'il
pût s'y établir, et l'on se ré luisit à prendre toutes les précautions
possibles pour le bien recevoir au débarquement.

Le 1er Juillet, à la pointe du jour, il arriva par un malentendu
dont on ne put pénétrer le principe, que la milice de la droite fit,

sans nul sujet, une décharge générale de mousqueterie : nous nous crûmes attaqués dans cette partie, toute l'armée prit les armes et l'on y accourut.

Il ne se passa d'ailleurs rien d'intéressant dans le cours de la journée ; nos sauvages et quelques Canadiens fusillèrent à la Pointe de Levy avec les troupes légères de l'ennemi, et nous rapportèrent le soir un placard de M. Wolfe qu'ils avaient trouvé collé à la porte d'une Eglise, j'en joins ici une copie ; il est aisé de juger de l'objet que ce général s'y proposait ; son caractère s'y reconnait aussi parfaitement. Au reste, il n'y avait à la Pointe de Levy qu'environ 3,500 hommes qui assirent leur camp auprès de l'Eglise. Le reste de l'armée était sur l'Isle d'Orléans.

Le 2, les ennemis reconnurent toute la partie de la droite du fleuve qui fait face à la ville, et ils employèrent les jours suivans à tracer les différens ouvrages qu'ils voulaient y établir. Pour nous, craignant toujours d'être attaqués dans nos retranchemens, nous nous tenions dans les bornes de la plus exacte défensive ; on murmurait cependant dans l'armée de cette inaction ; on observait qu'il était d'autant plus aisé d'inquiéter l'ennemi dans ses travaux, que dans la supposition même qu'en l'attaquant on eût été repoussé, on eut toujours trouvé une retraite assurée dans les bois qu'on avait derrière soi et où l'on sait que le Canadien et le sauvage ont un si grand avantage sur les troupes réglées ; on opposait à ces raisons, que pouvant à peine nous flatter d'être, avec toutes nos forces (l'armée était alors rassemblée) en état d'empêcher les Anglais de descendre à Beauport, il y aurait de l'imprudence à s'exposer, en dégarnissant cette partie, d'y ouvrir un passage à l'ennemi, auquel nous nous serions trouvés dans l'instant même obligés d'abandonner Québec. Le lecteur intelligent posera le pour et le contre, mais il est certain que l'ennemi n'eut jamais l'intention de nous attaquer de front dans notre camp de Beauport ; nous avons eu le malheur de ne pouvoir reconnaître l'avantage de la position que nous y avions prise ; il n'échappa point à M. Wolfe qui sçut apprécier l'effet qui devrait résulter du feu de nos différentes batteries et de celui de notre mousqueterie, composée de Canadiens, dont tout le monde sçait qu'il n'en est pas un seul qui ne soit chasseur.

M. de Montcalm, d'après les propos de quelques officiers de la
Colonie qui avaient navigué, fut longtems persuadé que les Anglais
avaient 20 mille hommes de troupes de débarquement ; en vain
j'essayai de le désabuser par les démonstrations les plus sensibles,
relativement au nombre et à l'espèce de bâtimens qui composaient
la flotte ; il n'en revint que quand il vit mon calcul vérifié par la
déposition de divers prisonniers et déserteurs.

Le 6, nous apprîmes par des nouvelles venues de Carillon, de la
Présentation, et de Niagara, que ces trois forts étaient menacés ;
on regretta alors d'avoir trop dégarni ce dernier, dont on eût pu
augmenter les forces d'environ 1,000 hommes, que l'on avait sans
aucune vue raisonnable d'utilité pour le service du Roi envoyés
à la Belle Rivière.

Le 7, nos chaloupes se canonnèrent avec des frégattes qui
s'étaient avancées vers Beauport.

Le 8, on remarqua que les batteries que l'ennemi établissait
vis-à-vis de la ville avançaient assez considérablement ; on y
envoya de la place quelques volées de canon et quelques bombes,
mais M. de Montcalm envisageant d'un côté que ce feu ne ralen-
tirait que peu les travaux de l'ennemi, et de l'autre que la
situation de nos magasins exigeait que nous ménageassions notre
poudre, fit consentir M. de Vaudreuil à ordonner que l'on cessât
de tirer sur cette partie.

Ce silence occasionna des murmures, mais M. Le Mercier
commandant l'artillerie en démontra la nécessité en présentant
l'état des poudres.

Le même jour vers le soir, une quarantaine de berges chargées
de troupes, soutenues par une frégatte, s'avancèrent vers le Sault
de Montmorency, pendant qu'un vaisseau de 60 canons canonnait
les retranchemens de notre gauche, et qu'une galiotte y jettait des
bombes. Ce mouvement fit croire que l'ennemi pouvait avoir
intention de descendre du côté de L'Ange Gardien ; mais la per-
suasion où l'on était que la rivière du Sault n'était guéable nulle
part, faisant regarder comme fort indifférent que l'ennemi s'y
portât, il ne fut pris aucune précaution pour s'y opposer ; on
n'écouta pas même les représentations que firent à ce sujet quelques habitans de l'Ange Gardien, qui offrirent de s'y porter ;
assurant par la connaissance qu'ils avaient du local qu'avec 100

hommes on empêcherait les Anglais de monter la côte.   Elle ne laisse point en effet d'être assez escarpée et couverte de bois.

Enfin, vers les neuf heures, les ennemis firent descendre à terre quelques hommes, qui ayant rapporté que cette partie était absolument abandonnée, furent suivis du détachement que portaient les berges ; celles-ci furent pendant le reste de la nuit occupées à passer des troupes de l'Isle d'Orléans à la côte du Sault, en sorte que le lendemain, à la pointe du jour, M. Wolfe s'y trouva à la tête de 3 ou 4 mille hommes ; l'illusion se dissipa alors. On cessa de croire le poste du Sault méprisable, quand en y appercevant l'ennemi, on reconnut qu'il commandait fort avantageusement toute la gauche de notre camp, et que l'on fut en même tems convaincu que la rivière qui l'appuyait était, comme l'avaient annoncé les habitans, guéable en différens endroits. M. le C^hev. de Levis, qui commandait dans cette partie, sentit la faute que notre fausse sécurité venait de nous faire faire, et entreprit de la réparer en tâchant d'obliger l'ennemi à abandonner ce poste ; il y marcha avec 600 hommes, précédé de quelques sauvages, rendit compte à M. de Vaudreuil du parti qu'il prenait, en demanda en même temps à ce Gouverneur des ordres sur les opérations ultérieures ; il ne tarda pas à en recevoir une réponse, sur laquelle il crût devoir faire faire halte à sa troupe.   M. de Vaudreuil lui marquait positivement de ne rien hasarder, et qu'il se disposait à se porter en personne sur les lieux.   Il n'y arriva toutefois, que plus de deux heures après.

Le quartier général était au centre et se trouvait à près d'une lieue de la gauche.

Cependant, les sauvages qui avaient toujours marché en avant, après avoir passé la rivière, ne tardèrent pas à rencontrer dans les bois un détachement d'environ 500 hommes ; ils l'obligèrent à se reployer sur le gros de l'armée qu'ils ne craignirent pas d'attaquer elle-même ; ils n'osèrent cependant pas trop s'engager : quand ils s'apperçurent qu'on ne les soutenait point, ils revinrent épuisés de fatigue, après avoir tué ou blessé à l'ennemi une centaine d'hommes, et rapportant 36 chevelures pour preuve de leurs succès. Il eut dépendu de nous de les leur faire pousser plus loin. Nous avons sçu depuis, par un sergent déserteur de l'armée ennemie, que les Anglais étaient descendus dans un désordre auquel la crainte d'être à tout moment attaqués par les sauvages n'avait pas peu contribué.

Les choses étaient dans cet état, M. de Vaudreuil jugea à propos de différer les dispositions d'une attaque plus considérable ; il se contenta d'assembler un conseil de guerre dont le résultat fut qu'il fallait rester dans nos retranchemens ; on ne connaissait disait-on, ni la position réelle de l'ennemi, ni ses forces ; la vérité est, que M. de Montcalm n'était pas de l'avis de donner, et qu'ayant, avant le conseil, entretenu en particulier les chefs de corps, on peut dire qu'il les avait en quelque sorte disposés à représenter la chose comme impraticable. M. Bigot fut le seul qui opinât pour l'attaque, et l'on peut dire en faveur de son avis contre l'inconvenient prétendu de s'exposer à tout perdre, en hasardant une affaire presque générale contre des troupes que l'on disait être déjà retranchées :

1er Que l'ennemi était dans une position très désavantageuse, puisque le terrain qu'il occupait était absolument commandé par les bois d'où nous devions l'attaquer.

2° Qu'en supposant que nous eussions été repoussés, ces mêmes bois eussent toujours assuré notre retraite, puisque non seulement il fallait les traverser pour gagner les gués de la rivière, mais c'est qu'encore étant très fourrés et adossés à de hautes montagnes, il n'était certainement point susceptibles d'être tournés.

3° Que la raison des subsistances méritait aussi une serieuse attention. Le pays éprouvait déjà une grande disette ; il devait donc paraître d'autant plus essentiel de faire tous ses efforts pour tâcher de mettre l'ennemi dans le cas de lever promptement le siége de Québec ; qu'en admettant même qu'il n'eût pu s'emparer de vive force de cette place, il était toujours à craindre pour nous qu'en faisant traîner les choses en longueur, il ne nous eut mis par le défaut de vivres, dans la nécessité de lui en ouvrir les portes et par conséquent celles de toute la Colonie. On sait que rien n'est plus casuel que la récolte de ce pays, et il fallait que celle de cette année fut aussi abondante qu'elle l'a été (contre le cours ordinaire des choses) pour qu'on n'y éprouvât par les rigueurs de la famine ; d'ailleurs, nous n'avions pas besoin de toutes nos forces pour attaquer M. Wolfe dans le poste désavantageux qu'il occupait ; j'ajouterai, qu'il ne se voit jamais plus d'ardeur que n'en montrèrent dans cette occasion, le soldat, le Canadien et le sauvage, et je dois à plusieurs officiers de différens corps la justice de dire qu'ils parurent désespérés de voir négliger des dispositions aussi heureuses.

Le 10, on remarqua que l'ennemi se fortifiait dans le poste qu'il avait pris la veille ; il y avait déjà deux pièces de canon de campagne, et travaillait à former des batteries destinées à battre à revers les retranchemens que gardait M. le Chevalier de Levis ; cela obligea cet officier général à changer l'assiette de son camp, qui d'un autre côté continuait à être incommodé par le feu du vaisseau et de la galiotte, quelques bombes jettées d'un mortier qu'on fit venir de la ville, obligèrent bientôt ces bâtimens à reprendre le large.

Le 11, il y eut d'une rive à l'autre de la rivière du Sault, une fusillade assez vive entre nos sauvages et les troupes légères de l'ennemi ; il y eut de part et d'autre quelques tués et blessés, la perte fut cependant beaucoup plus considérable du côté des Anglais.

Les ouvrages des ennemis paraissant se pousser avec une très grande vivacité à la Pointe de Levy, les inquiétudes de la ville augmentèrent et excitèrent quelques murmures de la part des habitants sur ce qu'on laissait, disaient ils, établir à l'ennemi paisiblement, des batteries de mortiers et de canons dont ils s'attendaient à être écrasés, quoique plusieurs officiers prétendissent, et que M. de Montcalm fut persuadé lui même, que ces batteries se trouveraient hors de portée d'endommager considérablement la ville : cependant, pour n'en point désespérer les bourgeois on permit à M. Dumas, Major Général des troupes de la Colonie, qui s'était offert, de former un corps de mille hommes avec lequel il passerait à la côte du Sud pour tâcher d'en déloger les ennemis et y ruiner leurs ouvrages ; des gens de tous états, jusques à de simples écoliers, s'offrirent en foule pour être admis dans ce détachement qui par là fut porté jusques à 1,400 hommes, les sauvages compris, auxquels M. de Montcalm joignit une centaine de volontaires tirés des troupes réglées.

Cette entreprise paraîtra imprudente à tous ceux qui n'y verront qu'un ramassis de Milices, sans discipline, attaquant des troupes réglées dans des retranchemens, mais elle cessera de paraître telle si l'on considère que ces retranchemens étaient dominés par des bois d'où l'on pouvait les fusiller, et que ces milices, sans connaissance du maniement des armes, surpassent sans comparaison les troupes réglées dans les affaires qui se décident purement par la mousqueterie ; quoi qu'il en soit, M. Dumas se mit en marche à 10 heures du soir, mais ayant été obligé de remonter jusqu'à Sillery, il ne put passer le fleuve que la nuit du 12 au 13 ; alors, on vit tout ce qu'une terreur panique peut produire de plus bizarre ; à peine fût-on sur la rive droite du fleuve que l'on se crut environné d'ennemis ; trois fois M. Dumas s'efforça de rallier son monde, et trois fois ses soldats se prenant réciproquement pour ennemis se fusillèrent et se renversèrent les uns les autres du haut de la côte au bas pour regagner leurs canots. Il fallut se retirer.

Il s'est tenu beaucoup de propos à l'occasion de l'irréussite de cette expédition ; sans vouloir essayer d'en faire connaître les véritables causes, je dirai simplement, que suivant le rapport de M. Dumas et de quelques autres officiers de son détachement, les troupes réglées, les Canadiens et les simples écoliers même qui le composaient, n'eurent rien à se reprocher ; ils s'abandonnèrent tous également à leur frayeur ; les sauvages seuls, qui faisaient l'avant garde, se comportèrent bien et trouvèrent tout en désordre lorsqu'ils revinrent de leur découverte pour informer que l'ennemi ne faisait aucun mouvement ; au reste, on peut dire, sans craindre de ne rien hasarder, que ce contre-tems nous a fait perdre une occasion des plus favorables de porter aux ennemis un coup, que l'inquiétude singulière où nous avons sçu depuis qu'ils étaient continuellement, aurait pu rendre d'autant plus avantageux, que nonseulement ils n'eussent pû faire une résistance bien vigoureuse dans un terrein dominé où ils n'avaient encore que des retranchemens imparfaits, mais c'est qu'encore on eut pû mettre hors de service 5 gros mortiers et 3 pièces de canon de 32, dont ils tirèrent cette nuit même fort vivement sur la ville.

Le 14, les ennemis commencèrent à faire jouer quelques pièces des batteries qu'ils établissaient au Sault, qui nous tuèrent et blessèrent quelques hommes ; ils envoyèrent aussi de gros détachemens reconnaître les gués, nous pensâmes qu'ils pouvaient être dans l'intention d'essayer de percer de ce côté. Cela détermina M. de Montcalm à faire quelques changemens à ses dispositions ; il dégarnit un peu son centre pour porter à la tête des gués de gros détachemens qui s'y retranchèrent, et il fit renforcer les lignes de M. le C^{hev.} de Levis du côté du fleuve où l'on s'épaula contre les batteries de l'ennemi ; ces différens ouvrages n'ayant pû qu'être fort considérables, fatiguèrent beaucoup tout notre monde ; on fit encore traîner de la ville dans cette partie 6 pièces de canon de petit calibre, pour inquiéter l'ennemi dans ses travaux ; mais il n'en était plus temps, son artillerie étant fort supérieure à la nôtre ; il fallut la retirer.

Le 16, l'ennemi jettant sur la ville beaucoup de bombes et de pots-à-feu, il en tomba un sur une maison pleine de foin qui ne fut point assez promptement secourue. Le feu fit des progrès et l'embrasement se communiqua à 8 maisons voisines qui furent entièrement incendiées ; les batteries de la Pointe de Levy tirèrent sur la ville, pour y augmenter le désordre, mais nous ne tardâmes pas à les faire taire par la supériorité de notre feu.

Les travaux de l'ennemi paraissaient se pousser fort vivement au Sault, ils y avaient déjà des mortiers dont ils nous jettèrent des bombes qui ne laissaient point d'inquiéter nos troupes dans leur camp ; nous entreprîmes d'y établir un mortier, mais ce travail languit tellement par le défaut de bras, qu'il devint inutile avant qu'on l'eût pû finir, il fut abandonné.

Nous reçumes, ce même jour, des nouvelles de Niagara et de Carillon, par lesquelles nous apprîmes que les Anglais formaient déjà le siège de ce premier fort, et que M. de Bourlamaque ne se flattant plus de pouvoir tenir dans le second, malgré les nouveaux ouvrages qu'il venait d'ajouter à ses fortifications, se disposait à se replier à l'Isle aux Noix, dès que l'ennemi qu'il savait être en mouvement se présenterait pour l'attaquer ; il craignait d'être tourné par St. Frédéric, et l'on prétend qu'il avait reçu des ordres positifs pour la retraite ; on ne peut sur cela se refuser une réflexion : si l'on avait, avant l'ouverture de la campagne, résolu d'abandonner Carillon, pourquoi consumer les troupes en fatigues, et le Roi en frais pour augmenter les défenses de ce fort ? M. Bourlamaque avait d'ailleurs avant ce moment, paru dans toutes ses lettres se croire en état d'y faire une vigoureuse résistance.

Le 17, un petit détachement de nos sauvages ayant passé la **rivière du Sault y** firent quelques décharges, et nous amenèrent trois prisonniers, sur le rapport desquels nous ne pûmes guères juger des véritables intentions de M. Wolfe ; nous entrevîmes seulement, par le détail qu'ils nous firent de ses forces et de ses mouvemens, que, n'ayant que 9 à 10,000 hommes au plus de troupes réglées, et estimant notre armée de 15 à 18 mille, non-seulement ce Général n'osait nous attaquer de front, mais qu'il était encore dans une appréhension continuelle d'être attaqué lui même ; ils ajoutèrent que c'était dans leur armée un bruit commun que le Général ne se flattait de prendre Québec qu'autant qu'il serait joint par le Général Amherst, qu'il attendait avec la plus grande impatience, et que craignant de manquer de vivres, la ration du soldat avait été chez eux réduite à 7 onces de biscuit et une égale quantité de viande salée. Les dépositions faites par les différens prisonniers ou déserteurs se sont assez accordées sur cette réduction.

Les mêmes prisonniers nous dirent encore, qu'un vieillard et quelques femmes de la côte du Nord venaient tous les jours porter des rafraichissemens au camp anglais, et qu'ils avaient aussi indiqué au Général Wolfe les gués de la rivière du Sault.

Il est aisé de juger par ce commerce que l'ennemi n'était nullement harcelé.

M. de Vaudreuil était bien d'avis, suivant l'usage canadien, d'envoyer des détachemens pour inquiéter l'ennemi. M. de Montcalm craignait toujours de l'affaiblir.

Il nous revint ce même jour, du camp ennemi, quelques habitans pris par les Anglais, qui, après avoir reçu parmi eux et de M. Wolfe lui même beaucoup de caresses avaient été mis en liberté ; cette conduite était relative au contenu du manifeste.

Le même jour 17, les sauvages ayant demandé à marcher en détachement, on leur en accorda la liberté ; ils partirent au nombre de 5 à 600, pour s'aller embusquer sur les derrières du camp que les ennemis occupaient au Sault ; cette expédition n'eut aucun succès.

Un matelot anglais fait prisonnier, que nous interrogeames sur ce que l'on avait pensé dans la flotte de nos brûlots, nous dit, qu'on en avait extrêmement craint les effets, mais qu'on y avait été surpris de la manière dont ils avaient été conduits, et surtout de la précipitation avec laquelle on y avait mis le feu.

La nuit du 18 au 19 un vaisseau de 60 canons, avec 5 frégattes ou transports, passèrent devant la ville pour aller mouiller à Sillerie. On ne douta point que l'ennemi n'eut l'intention, ou de nous couper les vivres, puisqu'il aurait pu être informé que nous en avions placé la plus grande partie dans nos frégattes, ou de tenter une descente du côté de Sillerie ; on y plaça 2 pièces de canon, et on fit passer sur le champ M. Damas avec 600 hommes qui devaient suivre le long de la côte les mouvemens de ces bâti-mens ; mais ils ne purent empêcher de brûler notre dernier brûlot qu'on achevait d'équiper dans l'Anse des Mères ; les Anglais tentèrent aussi de détruire les cajeux que nous y fesions préparer, mais ils y furent repoussés.

Le vingt, il nous vint du camp ennemi un domestique du Gé-néral Townshend, qui nous assura qu'il n'y avait au Sault que 3,000 hommes : cela se trouvant conforme à nos observations, M. de Montcalm fit revenir de la gauche quelques troupes pour ren-forcer le centre.

L'ennemi fatiguait beaucoup notre gauche par le feu continuel de canons, de mortiers et d'obusiers qui partait des batteries de son camp du Sault.

Le 21, nous apprîmes que 400 grenadiers ennemis étaient descendus à la Pointe aux Trembles. M. Damas eût ordre d'y marcher et l'on joiguit à son détachement une partie de la cavalerie ; mais ils trouvèrent les ennemis embarqués, leur objet ayant été d'avoir des nouvelles exactes de se qui se passait dans le pays ; ils se contentèrent d'enlever toutes les femmes qu'ils trouvèrent dans ce canton, ils n'en emmenèrent cependant qu'une centaine, parmi lesquelles il se trouva quelques dames de la ville qui s'y étaient réfugiées ; ils furent harcelés et poursuivis par quel-ques sauvages qui accoururent, et qui leur tuèrent et blessèrent quelques hommes ; l'idée de cette expédition avait été donné au Général Wolfe par Stobo, officier anglais, pris pour ôtage à l'affaire du fort de Nécessité ; celui-ci, convaincu d'avoir malgré son caractère, entretenu des correspondances préjudiciables à notre service avec les généraux anglais avait été condamné à être pendu, mais la Cour ayant ordonné la surséance de ce jugement, on crut devoir rendre à Stobo la liberté dont il avait précédemment joui dans sa qualité d'ôtage, il en profita pour s'evader et il fut secondé par un particulier déserteur de la Nouvelle Angleterre établi à Québec depuis quelques années qui, entendant la navigation s'embarqua avec lui vers le milieu de Mai dernier, dans un simple canot avec lequel ils gagnèrent Louisbourg.

Le 22, le commandant du vaisseau envoya proposer à la ville une suspension de 6 heures, pendant laquelle il y ferait remettre les femmes prisent à la Pointe au Trembles, on y consentit.

Toutes ces femmes, quoique de différens états, se louèrent également des traitemens qu'elles avaient reçus des officiers anglais ; plusieurs soupèrent même avec M. Wolfe, qui plaisanta beaucoup sur la circonspection de nos généraux : il dit à ces dames qu'il leur avait cependant présenté des occasions bien favorables de l'attaquer, et qu'il avait été surpris de ce qu'ils n'en avaient pas profité.

La nuit du 22 au 23, la grande quantité de pots-à-feu que l'ennemi continuait à jetter sur la ville, y occasionna un nouvel embrasement, dans lequel 18 maisons furent réduites en cendres ; la cathédrale éprouva le même sort.   Pendant tout le temps de l'incendie, les batterie de la Pointe Levy ne cessèrent de tirer, les nôtres ripostèrent tant que le feu fit des progrès dans la ville, mais dès qu'on fut parvenu à l'arrêter, elles discontinuèrent.

On n'était pas encore sorti de ces inquiétudes, qu'une frégatte ennemie, avec un transport, voulurent à 4 heures du matin, à la faveur d'une petite fraicheur qui s'était élevée dans la partie du N. E. profiter de l'embarras, où ils imaginaient, sans doute, que nous étions, pour passer à Sillerie ; ils se trompèrent, tous les canonniers étaient restés à leur poste, mais le vent ayant changé au moment où ces bâtimens commencèrent à recevoir les décharges de nos brtteries, il se retirèrent sans avoir beaucoup souffert ; notre feu fut ce jour là très bien servi.

La journée du 24 fut employée aux négociations entre la ville et la flotte dont M. Le Mercier, commandant de l'artillerie, fut chargé ; il s'agissait de choses indifférentes.

Nous eûmes ce même jour une preuve bien sensible du désordre qui régnait dans l'armée ; il en était sorti un grand nombre de chasseurs, qui ayant trouvé beaucoup de gibiers du côté de Ste. Foy, firent un feu si soutenu que les sauvages croyant, que nous étions attaqués du côté de Sillerie, s'y portèrent ; ils firent sentir

f

à leur retour que cela pouvait être sujet à inconvénient ; M. de Vaudreuil le comprit, et fit défendre la chasse à toute l'armée.

Le 25 au matin, un malentendu nous causa une alerte assez chaude ; il vint de l'Anse de St. Michel au camp, une ordonnance pour informer M. de Vaudreuil que les Anglais y étaient descendus ; cette nouvelle paraissait confirmée par le bruit du canon que l'on entendait de ce côté là ; on battit la générale et l'armée prit les armes ; il ne s'agissait cependant que de l'attaque de quelques unes de nos chaloupes canonnières, qui, s'étant réunies dans cette anse, y attirèrent l'attention des vaisseaux qui les canonnèrent vivement, et envoyèrent des berges pour s'en emparer ; il y en eu deux d'enlevées, trois remontèrent au Cap Rouge et il s'en échoua une qui fut sauvée par le feu que firent quelques Canadiens qui y étaient accourus du port voisin.   M. Dumas y avait laissé M. de St. Martin, officier de la Colonie, avec 180 hommes, et était marché lui-même avec 1000 hommes jusqu'à Jacques Cartier où l'on craignait que l'ennemi ne prit poste ; il eut ordre d'y faire quelques retranchemens.

Nous apprîmes ce jour là, par un nouveau prisonnier fait à la gauche, que les ennemis avaient déjà à leur camp du Sault une artillerie formidable, et qu'ils continuaient à y établir des batteries de canons et de mortiers.

Il nous arriva encore de cette partie, vers le soir, un jeune Canadien, encore enfant, précédemmnnt pris par les Anglais et relâché par eux pour venir remettre à M. de Vaudreuil un billet anonyme, contenant des reproches injurieux pour le gouverneur au sujet des chevelures enlevées par les sauvages, et des soldats que leur avaient tués les Canadiens, qu'ils y traitaient d'assassins. Il nous ajouta, qu'avant de sortir du camp anglais, il aurait vu signifier à des Canadiens, pris les armes à la main, qu'ils pouvaient se préparer à mourir ; qu'il les avait vus conduire par des fusiliers, et qu'à peine sorti de ce camp, il y avait entendu tirer plusieurs coups de fusil.   MM. de Vaudreuil et de Montcalm jugèrent, qu'il convenait de s'expliquer à ce sujet avec M. Wolfe ; les termes de leur lettre, écrite au nom du premier, réunssait toute la dignité, la politesse et la fermeté convenable dans cette circonstance. M. Le Mercier qui fut chargé de remettre cette dépêche y en ajouta une seconde qu'il écrivait par ordre de M. de Vaudreuil à M. Wolfe, dans la quelle, après avoir proposé à ce général différens arrangemens touchant les parlementaires, il lui observait que l'usage paraissait en devenir un peu trop fréquent. M. Wolfe fit faire le jour suivant à M. de Vaudreuil la réplique suivante :

MONSIEUR,

Par ordre de mon général, j'ai l'honneur de répondre à une lettre de Votre Excellence qui lui fut apportée hier par M. Le Mercier, concernant quelques articles particuliers à l'occasion des parlementaires, dans laquelle il se plaint au nom de Votre Excellence de l'usage trop fréquent des dits parlementaires.

Le Général ne saurait assez s'étonner de cette requisition, et pourquoi les Anglais ont ils donc demandé à parlementer ? que la réponse soit faite par ceux qui ont reçu leur liberté à l'occasion des dits parlementaires

M. le général Wolfe, par une lettre interceptée écrite du camp de Beauport, apprend que trois grenadiers du régiment royal américain, pris il y a quelques jours, étaient destinés à être brûlés vifs dans votre camp ; M. Wolfe désirerait de savoir ce qu'il sont devenus, pour régler à l'avenir là dessus sa conduite.

Les troupes britanniques ne sont que trop ulcérées ; les cruautés énormes qu'on a déjà exercées, et surtout la basse infraction de la capitulation du Fort George, sont encore présentes à leur cœur.

De tels actes méritent et trouveront certainement à l'avenir, s'il sont réitérés, la plus sévère repressaille ; toute distinction cessera entre Français, Canadiens et Indiens ; tous seront traités comme une troupe cruelle et barbare altérée de sang humain.

J'ai l'honneur d'être,
(Signé,)   ISAAC BARRE.
Adjudant Général.

———

Voici la réplique que M. de Vaudreuil fit faire à M. Wolfe par M. de Bougainville.

MONSIEUR,

Par ordre de M. le Mis de Vaudreuil, je réponds à la lettre qui lui a été écrite par M. Isaac Barre à l'occasion des trois grenadiers

du royal américain pris prisonniers. V. E. aurait dû regarder,
comme des propos soldatesques, les discours exprimés dans la lettre
interceptée ; le sort de ces trois prisonniers a été le même que celui
de tous les autres qui ont été faits par les sauvages ; le Roi les a
rachetés à grands frais de leurs mains ; M. le Mⁱˢ de Vaudreuil ne
m'a point chargé de répondre aux menaces, aux invectives et aux
citations dont est remplie cette lettre que vous n'aurez pas, sans
doute lue ; rien de tout celà ne nous rendra craintifs ni barbares ;
nos procédés sont connus en Europe, et nos papiers publics font foi
de notre justification sur l'infaction de la capitulation du F. G.

J'ai l'honneur d'être,

(Signé,)   BOUGAINVILLE.

Le 26 à la pointe du jour, un gros détachement d'Anglais
étant venu fusiller avec celui que commandait M. de Repentigny
à la tête d'un des gués de la rivière du Sault, on la fit passer un
peu plus haut à 400 Sauvages qui devaient tourner l'ennemi ; mais,
ils demandèrent à être soutenus ; on leur promit qu'ils le seraient,
ils attendirent cependant dans le bois, ventre à terre, en présence
de l'ennemi, à la petite portée de pistolet pendant 5 heures, sans
voir faire aucun mouvement à nos troupes ; enfin, emportés par
impatience et voyant d'ailleurs que l'ennemi profitait de ce temps
pour faire couler dans le bois de nouvelles troupes, ils se déterminèrent à donner seuls ; leur attaque fut si vive que, suivant ce que
nous apprîmes depuis, par un sergent déserteur du camp ennemi
et par quelques Canadiens qui s'y trouvaient alors prisonniers, les
Anglais obligés de plier, reculèrent à plus de 200 pas du champ
de bataille pour se rallier, et que l'alarme parvint jusque dans le
camp, où M. Wolfe rentra lui-même pour faire avancer l'artillerie
par des chemins qu'il avait fait pratiquer ; alors les sauvages se
voyant presqu'environnés firent leur retraite par le gué avec lequel
ils avaient conservé leur communication, après avoir tué ou blessé
à l'ennemi plus de 150 hommes et n'ayant perdu que deux ou
trois des leurs ; ils rencontrèrent au passage de la rivière le corps
que l'on envoyait à leur secours, et que M. de Levis ne voulut
jamais prendre sur lui de faire marcher sans en avoir reçu l'ordre

de M. de Vaudreuil. Toute l'armée regretta la perte d'une si belle occasion.

Le 27, quoique l'on regardât comme inaccessibles les Anses des Mères, du Foulon, de Sillerie et de St. Michel, on y envoya cependant des ingénieurs pour faire faire dans les rampes qui y conduisaient, des coupures et abbatis ; on répandit de plus dans ces différens postes environ 400 hommes.

Quelques Canadiens nous amenèrent de la côte du Sud, trois prisonniers qui provenaient d'un détachement de 7 hommes qu'ils avaient défaits ; les quatre autres avaient été tués.

Le 28, les ennemis démasquèrent, vis-à-vis la ville, une nouvelle batterie de 5 pièces de canon.

Le 29, les vaisseaux ennemis qui étaient audessus de Québec fesaient différens mouvemens ; ils remontaient depuis quelques jours jusqu'à St. Augustin et revenaient ensuite mouiller à Sillerie Nous jugeames qu'ils voulaient attirer notre attention de ce côté ; mais ce qui se passait au camp du Sault que nous voyons hérissé de canons et de mortiers semblait devoir la fixer toute entière. On fit passer dans cette partie un détachement de 300 sauvages, qui ayant pris des vivres pour trois jours, devaient s'embusquer dans les bois sur les derrières de l'ennemi dont on voulait couper la communication avec la campagne.

Le 30, tout fut tranquille.

Il n'en fut pas de même de la journée du 31. Vers les 10 heures du matin, le vent soufflait violemment de la partie du Sud O. deux gros transports appareillèrent de la flotte ennemie et s'avancèrent vers le Sault de Montmorency, ils furent suivis par un vaisseau de 60 canons, et tous trois se placèrent vis-à-vis des retranchemens de M. le Chev. de Levis, et dont les transports s'échouèrent à la pleine mer, à la petite demie portée de canon. Le vaisseau garda le large, formant avec les deux premiers un triangle, d'où il partit à l'instant même un grand feu dirigé sur nos lignes, où il se croisait avec celui de l'artillerie formidable que M. Wolfe avait au Sault.

Pendant que notre gauche essuyait cette double canonnade, on remarqua qu'un grand nombre de berges qui s'étaient mises en mouvement dès le matin, après avoir pris des troupes à la Pointe de Levy et dans divers vaisseaux, se formaient en colonnes à la

tête de la flotte.   Nous ne pûmes plus douter alors que l'ennemi
ne fut dans l'intention de nous attaquer ; l'armée prit les armes et
les différens corps se portèrent aux retranchemens.   La violence
du vent qui soufflait toujours du S O. le jusant et ce qui se
passait à notre gauche, ne nous permettant pas de craindre que
les autres parties de nos lignes ne fussent attaquées, M. de Montcalm les dégarnit un peu, et se porta en personne vers le camp de
M. le C^{hev.} de Levis.

Enfin, vers les cinq heures du soir les berges, après avoir par
divers mouvemens essayé de nous dérober le véritable point de
l'attaque, se rangèrent sur trois divisions, dirigèrent toutes leurs
marches vers le Sault et abondèrent précisément au moment de la
basse mer au pied des deux bâtimens qui se trouvaient échoués
à sec sur un très beau platin.   A l'abri de leur feu, toutes les
troupes firent leur débarquement sans confusion, et se formaient
en bataille, pendant que le corps à L'Ange Gardien, traversait en
colonne la rivière du Sault, pour les venir joindre ; nous ne pouvions, à cause de la grande distance, opposer à tous ces mouvemens que le feu de quelques canons de petit calibre placés dans
des redoutes que l'on avait fait construire en avant de nos retranchemens, qui encore ayant tiré tout le jour sur les vaisseaux
manquèrent malheureusement de munitions vers la fin de l'action ;
elles étaient d'ailleurs fort maltraitées par le feu qu'elles en avaient
essuyé ; ces deux raisons obligèrent d'en abandonner une à l'approche d'un corps de grenadiers qui s'avança pour l'attaquer ; il
y monta, mais à peine s'en fut-il rendu maître que la vivacité du
feu de mousqueterie qu'il reçut de nos retranchemens, qui domi-
naient fort avantageusement ces redoutes, l'obligea à se retirer ;
la réunion des deux corps ennemis s'étant faite dans ce moment,
nous nous attendions à une attaque générale, mais un violent
orage qui survint ayant vraisemblablement achevé d'ouvrir les
yeux à M. Wolfe sur la témérité de son entreprise, ce général se
retira, et il est même à croire qu'il ne s'engagea si avant que parcequ'il avait un peu trop présumé des effets de son artillerie; il avait
compté que le Canadien et le sauvage, effrayés par le boulet et la
bombe ne tiendraient point, et que ses troupes pourraient par leur
fuite monter la côte sans y rencontrer de grands obstacles ; mais
on doit à tous les corps de l'armée que M. de Montcalm y avait

successivement réunis, la justice de dire, qu'ils montrèrent en cette occasion toute la fermeté que l'on en pouvait attendre, et qu'ils témoignèrent la plus grande impatience d'en venir aux mains ; sentant tout l'avantage de leur position, ils étaient pleins d'une confiance de laquelle nous pouvions sans présomption attendre la défaite totale de l'armée anglaise, si elle s'était opiniâtrée à avancer ; celle-ci se divisa une seconde fois ; la plus grande partie repassa la rivière du Sault pour regagner le camp de L'Ange Gardien, et l'autre en se rembarquant mit le feu aux deux transports dont l'embrasement termina cette affaire.

Nous y avons eu une 60e d'hommes tués ou blessés par le boulet et la bombe ; la perte de l'ennemi, suivant le rapport des prisonniers ou déserteurs venus depuis, est montée à environ 500 hommes presque tous grenadiers, un capitaine du Royal Américain, et deux soldats y furent fait prisonniers.

Le 1er Août, le vaisseau qui était au Sault rejoignit la flotte.

Les vivres que l'on avait conservés à Québec pour la subsistance de l'armée se trouvant toucher à leur fin, on fut obligé d'en faire venir de Batiscan ; mais la voie de l'eau paraissant fort hasardeuse depuis que l'ennemi s'était rendu maître du fleuve, il fallut se résoudre à faire venir ces vivres par terre ; celle-ci ne laissait point encore d'offrir des obstacles ; il ne restait dans la campagne que des enfants en bas âge, des femmes et des vieillards auxquels leur infirmités n'avaient pas permis de porter les armes. Ce fut cependant avec le secours de bras si faibles que l'on fit transporter sur 271 charettes de Batiscan à l'armée (18 lieues) 700 quarts de lard et de farine. La subsistance des troupes se trouva par là assurée pour 12 à 15 jours, mais l'on fut dès ce moment effrayé des difficultés que ce service rencontrerait par la suite ; nombre de charettes étaient déjà brisées, les femmes et les enfants qui les conduisaient rebutés d'un travail si rude, ne laissant point espérer qu'elles pussent le soutenir longtemps ; on commença à regretter d'avoir si fort reculé les magasins de l'armée.

Le 2 il y eut une trève de quelques heures, pendant laquelle M. Le Mercier fut chargé d'aller remettre au général Wolfe des lettres de M. de Vaudreuil et du Capitaine du Royal Américain fait prisonnier à l'affaire du 31 : cet officier après s'être beaucoup loué dans sa lettre des procédés des Français, par qui, il avait, disait-il, été retiré avec les plus grandes peines des mains des sauvages, demandait à son général quelques effets dont il avait besoin.

Le 3, l'ennemi continua à augmenter son artillerie au camp du Sault, M. Dumas ramena à l'armée la plus grande partie des troupes qu'il avait à Jacques Cartier, où il avait eu ordre de ne laisser que 200 hommes.

Le 4, nouvelle trève pour recevoir les réponses de M. Wolfe aux lettres qui lui avaient été écrites le 2. En envoyant à son officier les effets qu'il lui demandait, il lui reprochait dans la réponse qu'il faisait à sa lettre, d'avoir par l'imprudente démarche qui l'avait fait prendre, donné à M. de Montcalm lieu de croire qu'il régnait peu de discipline dans son armée, voulant par là, nous faire entendre adroitement, que son attaque du 31 n'avait été qu'une feinte.

Quand à la lettre qu'il écrivit à M. de Vaudreull, il y faisait une longue énumération des griefs de la nation anglaise contre les troupes du Canada, et il joignait à des reproches pleins d'amertume et de dépit, les expressions les plus féroces.

On s'était proposé de prolonger le plus qu'il serait possible, le séjour dans la ville de l'officier porteur de ces dépêches, afin de profiter de ce tems pour transporter sur les batteries des mortiers et du canon des ramparts qui faisaient face à celle de l'ennemi, les matériaux nécessaires pour y faire construire des Merlons ; ces batteries étant à barbettes exposaient beaucoup au feu de l'ennemi les canonniers qui les servaient ; on y en avait déjà perdu plusieurs, mais les mesures que l'on avait prises à ce sujet furent déconcertées par une suite du peu d'ordre qui régnait dans les différentes parties de notre service ; pendant que l'on attendait la chaloupe anglaise à une des extrémités de la basse ville, il parti de l'autre, dès qu'elle parut, un officier marchand qui servait sur les batteries, qui ayant reçu de l'officier anglais les lettres et les effets qu'il avait à remettre, le renvoya sur-le-champ.

Il nous vint, ce même jour, cinq nouveaux déserteurs dont les dépositions n'avaient rien d'intéressant.

Nous apprîmes ce même jour, l'évacuation des forts de Carillon et de St. Frédéric que l'on avait fait s.uter. Le premier, le 27 et le second le 31 ; on se retira de Carillon avec une telle précipitation, et un désordre si grand, qu'il y resta 20 soldats auxquels l'ivresse ne permit pas de suivre la troupe ; ils furent pris par les ennemis qui trouvèrent encore dans ce fort, dont les fortifications n'avaient été que légèrement endommagées par les mines qu'on y avait fait sauter, plusieurs pièces de canons et mortiers.

Le 5, les batteries de la Pointe de Levy, continuaient à faire un feu très-vif sur la ville. Il nous vint trois nouveaux déserteurs.

Il passa, la nuit du 5 au 6 devant la ville, plusieurs berges qui remontèrent jusqu'aux vaisseaux d'où l'on y débarqua une assez grande quantité d'effets. Ces divers mouvemens que l'on vit d'ailleurs faire à l'ennemi dans cette partie, donnant lieu de penser qu'il pouvait être dans les dispositions d'y tenter quelque chose, déterminèrent M. de Montcalm à y envoyer une augmentation de troupes, en sorte que nous nous trouvâmes alors avoir depuis Québec jusqu'à St. Augustin environ 1,000 hommes, dont M. de Bougainville eut le commandement en chef. Le 7, différens bâtimens mouillés au Cap Rouge, après s'être allégés assez considérablement montèrent jusqu'à la Pointe aux Ecureuils. Les frégattes du Roy et le navire le Fronsac étaient alors mouillés au pied du Richelieu ; c'est-à-dire à 3 lieues au dessus de la Pointe aux Ecureuils. Les vents ne leur avaient point permis de monter plus haut, les Anglais avaient vraisemblablement intention de s'en emparer, mais ils profitèrent du vent du Nord qui avait emmené ceux-ci pour remonter le rapide. M. de Bougainville dégarnit un peu ses postes pour former un détachement avec lequel il suivit le long du fleuve les bâtimens ennemis.

Le 8, il nous vint trois matelots qui étaient aux Ecureuils, de de la flotte ennemis.

Les vaisseaux anglais redescendirent à la Pointe aux Trembles et tentèrent à différentes reprises d'y faire débarquer du monde, mais ils furent toujours repoussés par M. de Bougainville ; il ne s'y passa cependant rien de considérable. M. de Montcalm fit conduire au camp quelques petites pièces de campagne et quelques obusiers qu'on avait laissé dans la place.

La grande quantité de bombes, de carcasses et de pot-à-feu que les ennemis jettèrent la nuit du 8 au 9 sur la place, occasionna un 3e incendie à la basse ville ; 152 maisons y furent réduites en cendres.

g

Nous apprîmes ce même jour, que Niagara avait capitulé le 24 Juillet, et que la reddition de ce fort avait été précédée de la défaite de notre corps de troupes revenu de la Belle Rivière.

Cet événement augmenta beaucoup l'abattement que la nouvelle de l'évacuation de Carillon et de St. Frédéric avait déjà répandu dans les esprits ; on craignit que l'ennemi ne rencontrant que de faibles barrières à l'entrée de la rivière de Cataracoui ne sautât les rapides, et ne vînt tout à coup tomber sur Montréal, qui était dans ce moment dépourvu de toute espèce de défense ; on avait des détachemens à la Présentation et à l'Isle aux Galops ; on estima nécessaire de renfoncer ces postes ; on détacha de l'armée 1000 hommes qui eurent ordre d'y marcher en toute diligence, et l'on crut ne pouvoir se dispenser de charger M. le Chev. de Levis du commandement d'une partie aussi délicate ; il partit dès le jour même pour s'y rendre.

Le 11 Août, un détachement de 700 hommes, composé de Canadiens et de sauvages, passa la rivière du Sault pour aller attaquer des travailleurs ennemis qui fesaient des fassines ; la fusillade fut assez vive ; on compte avoir tué ou blessé une centaine d'hommes, nous n'en eûmes que 7 de blessés ; les choses eussent été poussées plus loin, si les Outaouas avaient voulu donner. Ils ne se trouvèrent point ce jour là dans les dispositions de combattre et ils n'eurent presque point de part à cette affaire ; il semblait dans toutes les circonstances, qu'une fortune ennemie prit plaisir à déconcerter les entreprises dont nous pouvions attendre le plus de fruit ; nous en fîmes le lendemain, 12, une nouvelle épreuve. Les Anglais repoussés à la Pointe aux Trembles tournèrent leurs vues de l'autre côté du fleuve ; ils essuièrent, en y descendant, quelques coups de fusil des habitans qui étaient retournés chez eux, mais ils s'y établirent au nombre de 7 à 800 hommes.

M. de Montcalm voulant profiter de la circonstance du passage, à la Pointe aux Trembles, des troupes qu'il envoyait aux rapides, pour faire attaquer les ennemis dans leur nouveau camp par le corps de M. de Bougainville, donna ordre à ce colonel de passer à la droite du fleuve et d'y opérer pendant que ses postes bien gardés deviendraient un piége où l'ennemi, s'il ne l'attendait pas de l'autre côté, pourrait venir donner ; rien de mieux combiné, mais le mauvais tems dérangea tout, et la crainte de trop retarder le secours que l'en envoyait aux rapides fit abandonner ce projet.

Le même jour, 4 bâtimens de la flotte ennemie voulurent profiter du vent de N. E. qui régnait, pour remonter audessus de Québec, mais le calme les prit vis-à-vis de la ville ; ils revirèrent et à la faveur du jusant qui survint, ils regagnèrent leur mouillage, sans avoir beaucoup souffert du feu de nos batteries.

Le 13, nous o primes que le corps ennemi, campé vis-à-vis de la Pointe aux Trembles, s'étant répandu dans la campagne y brûlait toutes les habitations. Les mouvemens que l'on voyait faire à l'ennemi dans cette partie faisant appréhender à M. de Montcalm qu'il ne voulut y entreprendre quelque chose de plus considérable, ce général se détermina à faire reforcer le corps aux ordres de M. de Bougainville qui fut porté à 1,600 hommes répandus dans différens postes.

Des Canadiens relâchés par les Anglais, apportèrent à M. de Vaudreuil un troisième manifeste, publié par l'ordre de M. Wolfe, où après avoir rappellé les deux premiers, ce général menaçait des traitemens les plus rigoureux, les habitans qui ne quitteraient point les armes, sous le 20 d'Août.

Il nous arriva de la Baie St. Paul un courrier pour nous apprendre que les Anglais qui n'avaient osé auparavant débarquer dans cette partie où ils avaient essuyé beaucoup de coups de fusil, toutes les fois qu'ils s'y étaient présentés, y étaient enfin depuis quelques jours descendus par la trahison d'un habitant, Suisse de nation, qui s'était établi dans cette paroisse, et qu'ils y avaient déjà brûlé 22 maisons.

Les sauvages nous emmenèrent le même jour, de la côte du Sud, deux prisonniers avec quelques chevelures et il nous vint un nouveau déserteur.

Le 15, nous envoyâmes dans la paroisse de L'Ange Gardien, un corps d'environ 1,200 hommes, dans la vue d'y surprendre les Anglais qu'on disait y être éparpillés ; on ne retira aucun fruit de cette expédition ; les sauvages à l'exemple des troupes, uniquement occupés depuis quelque temps de maraude et de pillage, se débandèrent ; ils s'avancèrent sans précaution vers une maison qu'ils croyaient abandonnée ; elle était pleine d'Anglais dont ils essuièrent une décharge qui leur fit prendre la fuite ; il n'y eut plus rien à entreprendre de ce côté, et il a fallu se retirer.

Il nous vint de la côte du Sud 3 prisonniers faits par des Canadiens, mais dont les sauvages s'étaient emparés ; ceux-ci nous apportèrent encore 4 chevelures.

Le 16, il y eut encore à la haute ville un nouvel incendie dont on arrêta heureusement les progrès ; une seule maison fut réduite en cendres.

Les difficultés qu'éprouvait le transport des vivres et la crainte de nous les voir couper à tous moments par l'ennemi nous tenait dans la plus grande inquiétude ; les chemins étaient déjà devenus très mauvais, et l'on osait encore se servir de la voie de l'eau, jusques à St. Augustin et au Cap Rouge, qu'avec des précautions qui rendaient toutes les opérations fort lentes.

Le 17, nous apprîmes, par trois nouveaux déserteurs de l'armée ennemie, qu'il y régnait une cruelle disrenterie qui avait déjà fait périr beaucoup de monde.

Il nous arriva de Niagara 5 Canadiens, qui après la reddition de ce fort, s'étaient échappés des mains de l'ennemi ; ces gens rapportaient qu'ils avaient laissé les Anglais occupés à réparer les fortifications du fort, qu'ils avaient détaché un gros corps de troupes pour conduire leurs prisonniers à New York, et qu'il ne restait à Chouaguen, quand ils y avaient passé, qu'environ 2,000 hommes qui ne faisaient aucun mouvement ; on jugea de là, que les Anglais n'avaient point intention de venir par les rapides ; M. le Chev. de Levis s'y trouvait alors avec 2,500 hommes.

Le 18, il nous arriva par terre un nouveau convoi de farine, que le défaut de charettes avait rendu très faible.

Le 19, nous apprîmes qu'un corps ennemi d'environ 1,200 hommes était descendu à Deschambeaux, M. de Bougainville y marcha sur-le-champ avec son corps, précédé de la cavalerie, et de M. de Montcalm se porta en personne avec le Major Général et quelques troupes jusques à la Pointe aux Trembles, (7 lieues) où ayant appris que l'ennemi, après avoir brûlé la maison dans laquelle on aurait placé les équipages de l'armée, s'était rembarqué ; il revint au camp où il ne rentra que le lendemain au matin ; les Anglais ne perdirent personne dans cette expédition ; ils se rembarquèrent dès qu'ils virent approcher nos troupes, emmenant avec eux beaucoup de bétail qu'ils avaient ramassé dans les campagnes.

Je dois dire qu'il n'y eut nullement de la faute de nos troupes, si elles ne se trouvèrent pas à portée de charger l'ennemi dans sa retraite ; elles s'y portèrent avec beaucoup d'ardeur ; elles firent pour s'y rendre une diligence prodigieuse, mais le commandant anglais qui s'était bien attendu à en être attaqué, les avait fait observer soigneusement par ses vaisseaux, et ce fut sur leurs signaux qu'il régna ses mouvemens.

Il nous vint de ce corps deux déserteurs, il nous arriva un troisième qui sortait du camp de M. Wolfe, par lequel nous apprîmes que ce général étant dans les dispositions de se rembarquer dans peu, envoyait de tous côtés des détachemens pour brûler tous les bâtimens et ravager les campagnes ; il nous ajouta qu'il régnait de la mésintelligence entre les généraux de terre et de mer. Nous l'avions déjà oui-dire et cela se continua depuis.

Le 21, 22, 23, et 24 ne furent remarquables que par des pluies presque continuelles, qui, en nous causant les plus vives inquiétudes pour la récolte, rendaient nos transports de vivres d'une difficulté extrême.

Les ennemis brûlaient dans toutes les partis ; on voyait en même tems des maisons en feu à la côte de Beaupré (depuis le Sault de Montmorency jusqu'à Ste. Anne) à l'Isle d'Orléans et le long de la rive droite du fleuve.

Le 25, on remarqua que l'ennemi diminuait au Sault son artillerie et qu'il la rembarquait. Deux bâtimens qu'ils avaient à la Pointe aux Trembles descendirent à St. Michel, d'où, après avoir débarqué des troupes à la côte du Sud, ils retournèrent à leur premier poste.

Nous apprîmes le même jour, que les Abénaquis de St. François avaient arrêtés deux officiers anglais (MM. Hamilton et Kennedy accompagnés de 7 sauvages que M. Amherst avait dépêchés à M. Wolfe par les bois ; il paraissait par les lettres qui leur furent surprises, que les opérations de M. Amherst devraient désormais dépendre des succès qu'aurait M. Wolfe du côté de Québec ; nous vîmes aussi par des lettres écrites à différens colonels, que l'on aurait été dans l'armée de M. Amherst dans un étonnement singulier de l'évacuation de Carillon ; on y exagérait un peu la force des fortifications de ce fort et l'on plaisantait beaucoup sur la précipitation avec laquelle nous nous en étions retirés.

Les vaisseaux ennemis mouillés audessus de Québec génant beaucoup nos transports de vivres, on forma le projet de les faire enlever par nos frégates. M. de Vaudreuil à qui on présenta cette entreprise sous un jour flatteur l'approuva, et on ne s'occupa plus que de son exécution ; les marins jugeront s'il était facile d'enlever à l'abordage dans un fleuve dont le courant est rapide, des bâtimens bien armés dont il y en avait un de 50 canons, commandés par d s hommes qui nous faisait admirer tous les jours la légèreté de leurs manœuvres, mais il se trouvait encore un grand inconvénient à ceci.

C'est que pour complêter les équipages des frégates destinées à opérer, il fallut dégarnir considérablement nos batteries des matelots qui y faisaient le service de canonniers.

Le 26, il nous vint un nouveau déserteur du camp du Sault.

Le 27, il nous en vint un second qui était sergent dans le régiment Royal Américain ; celui-ci en nous annonçant le prochain départ de la flotte nous assura que M. Wolfe lèverait sous 8 jours son camp du Sault; il nous ajouta que l'abbé de Portneuf, curé de St. Joachim, ayant été pris par les coureurs de bois avait été massacré par eux, ainsi que 9 habitans qu'ils avait avec lui, après avoir mis les armes bas, et que les chevelures de ces malheureux avaient été portées au camp. Ce fait a été depuis vérifié par le rapport d'un 10e habitant qui était dans ce détachement et qui s'échappa.

La nuit du 27 au 28, cinq nouvelles frégattes ou transports ennemis, montèrent audessus de Québec ; ils n'essuyèrent des batteries de la place qu'un faible feu ; ces bâtiments en se réunissant avec les premiers vis-à-vis de St. Augustin firent avorter notre projet et les matelots furent rappelés.

La nuit du 29 au 30, la mer étant haute, les bâtiments qui étaient à St. Augustin canonnèrent et fusillèrent vivement une petite isle déserte voisine de leur mouillage ; ils y avaient vû, le jour précédent, de basse mer, du monde qui y était passé à pied sec pour y faire du foin et qui au retour de la marée s'était retiré.

Il nous vint le 29, 3 nouveaux déserteurs qui confirmèrent ce q e nous avait annoncé le sergent ; ils nous dirent aussi que M. Wolfe attaqué d'une grosse fièvre était alité depuis 6 jours.

Le 30, l'ennemi démasqua à la Pointe de Levy une nouvelle batterie de canons. Il s'y en trouva alors 21 pièces.

Le 31. il y eut dans le camp de la Pointe de Levy beaucoup de mouvemens ; il s'en fit aussi dans la flotte qui nous donna lieu de juger que l'ennemi se disposait encore à faire passer des bâtiments audessus de Québec Ceux qui y étaient déjà, remontèrent de St. Augustin à la Pointe au Trembles, d'où l'on pensa qu'ils avaient intention d'essayer de monter le Richelieu pour aller attaquer notre flotte ; nous savions depuis 2 jours qu'un vaisseau quelque gros qu'il fut, pourrait passer aisément ce rapide, cela nous inquiéta d'autant plus, que la veille une des plus fortes frégates munitionnaire s'était échouée aux Grondines ; nos petites forces navales se trouvaient par cette perte réduites à trois autres de ces bâtimens et aux deux frégates du Roy qui eurent tous ordres de se mettre à porté de s'opposer au passage des Anglais.

La nuit du 31 Août au 1er Septembre, cinq nouveaux bâtimens ennemis remontèrent audessus de Québec.

On ne pût plus douter, par les mouvemens que faisaient les Anglais du côté du Sault de Montmorency, qu'ils ne fussent résolus d'abandonner ce camp : on voyait embarquer une grande quantité d'effets dans des chaloupes, sur lesquelles nos batteries tirèrent, sans que celles de l'ennemi répondirent, elles étaient déjà démontées.

Les nouvelles que nous reçumes ce même jour calmèrent un peu les inquiétudes où nous étions pour Montréal. D'un côté nous apprîmes par les déserteurs venus de l'armée de M. Amherst, que ce général était dans les dispositions de borner les opérations de cette campagne à la réparation des forts de Carillon et de St. Frédéric (ce dernier avait été entièrement détruit.) Et de l'autre, M. de Bourlamaque assurait que le poste avantageux qu'il avait pris à l'Isle aux Noix, les retranchemens qu'il y avait fait élever et l'artillerie formidable qu'il y avait fait placer, le mettaient dans le cas de n'y pas craindre les ennemis en quelque nombre qu'ils pussent s'y présenter ; on sçait que cette isle est dans la rivière de Sorel, qu'elle divise en deux bras fort étroits ; on en avait barré le passage aux berges par de bonnes estacades que l'on se flattait que l'ennemi ne tenterait point de tourner par terre. Les deux bords de la rivière n'offrent que des marais profonds et couverts de bois où les portages ne pourraient se faire qu'avec d'extrêmes difficultés, et l'on sent qu'en allongeant le circuit pour aller

chercher plus loin un terrain plus solide, on serait obligé d'augmenter très-considérablement le travail, et tout ensemble les
risques d'être continuellement harcelés.

Le 2, la nouvelle que nous reçumes du retour à St. Michel de
Sillerie de la flotte ennemie qui était à la Pointe aux Trembles,
dissipa l'appréhension où nous étions qu'elle ne montât jusqu'à
Batiscan.

Les ennemis continuaient à évacuer leur camp du Sault d'où
deux colonnes passèrent vers le soir à l'Isle d'Orléans ; il y eut
encore des mouvemens dans la flotte qui firent croire que l'ennemi
pouvait avoir l'intention d'attaquer nos retranchemens ; ce qui
semblait confirmer dans cette opinion, c'est que l'on avait trouvé
mouillé vis-à-vis de la rivière de Beauport six berges que nous
fîmes enlever ; bien des gens pensèrent que ce n'était qu'une
feinte, on verra qu'ils n'avaient pas tort.

Le 3, dès les 6 heures du matin on apperçut un grand mouvement dans les camps et dans la flotte de l'ennemi. Une centaine
de berges ou canots, chargés de monde, partirent de la Pointe de
Levy pour s'aller mettre en panne au milieu de la flotte ; on remarqua en même temps qu'il y en avait encore une cinquantaine
qui faisaient une semblable manœuvre du côté du Sault de Montmorency ; on ne douta plus que l'ennemi ne voulût effectuer
l'attaque que les berges de la veille avaient semblé annoncer ; on fit
prendre les armes à toute l'armée. Les différens corps se tinrent
en bataille, chacun à la tête de leurs camps, et dans cet état l'on
attendit le flôt à la faveur duquel on comptait que les Anglais
exécuteraient leur débarquement ; le temps était beau, quoique
les vents fussent au Nord Est ; ils fraichirent vers les 10 heures
et les berges parties de la Pointe de Levy, y retournèrent ; on
pensa d'abord que la seule agitation de la mer les y avait obligés,
mais les berges du Sault qui s'étaient avancées au large ayant pris
la même route, nous ouvrirent les yeux en ramenant notre attention au camp de L'Ange Gardien qui se trouva entièrement
évacué.

Alors, ceux qui avaient ouï blâmer en secret à M. de Montcalm
la conduite de M. le Chevalier de Levis pour n'avoir point attaqué
les Anglais lorsqu'ils descendirent au Sault de Montmorency,
quoique celui-ci pour s'appuyer sur les ordres qu'il avait de ne

rien hasarder, le traitèrent avec la même rigueur pour n'être point tombé sur leur arrière garde dans le même terrain et dans une circonstance infiniment plus favorable (j'ai déjà parlé ailleurs de ce terrain.)

M. de Montcalm et ses principaux officiers, pour tâcher de se justifier sur la perte d'une occasion si belle, répondirent que s'ils n'avaient point chargés l'ennemi à son rembarquement, ce n'avait été que parcequ'au moment où on l'avait crû repassé à l'Isle d'Orléans on avait apperçu, ventre à terre, plus de 2,000 hommes sous les retranchemens de son camp, et qu'on avait été retenu par la crainte de donner dans quelque piége.

Il est digne de remarque que l'on s'efforça dans notre camp de persuader qu'il n'y avait rien que de fort ordinaire dans la manœuvre de M. Wolfe, et que M. de Montcalm au contraire, s'était conduit dans cette circonstance en général consommé : le lecteur peut juger.

Une partie des troupes sorties du camp de L'Ange Gardien resta à l'Isle d'Orléans, et l'autre alla prendre poste audessus des batteries de la Pointe de Levy.

Des ingénieurs, et plusieurs autres officiers, qui allèrent depuis voir le camp de M. Wolfe convinrent unanimement que rien n'était plus désavantageux que la position que ce général avait été obligé de prendre ; ce fut par cette raison qu'il borda son camp d'onze redoutes, presque toutes environnées de fossés fraisés et palissadés.

Le quatre, M. de Montcalm mesurant ses mouvemens avec ceux de l'ennemi, dégarnit un peu sa gauche et porta la principale partie de ses forces à la droite de son camp.

Il envoya même camper le bataillon de Guyenne sur les hauteurs de Québec d'où il pouvait au besoin se porter également soit du côté de Sillerie, soit dans la place, soit du côté de la Rivière St. Charles ; notre malheur voulut, comme on le verra bientôt, qu'on le retira deux jours après ce poste.

Les batteries de la Pointe de Levy, augmentées de l'artillerie que l'ennemi avait retirée de son camp du Sault, faisaient sur la ville un feu continuel.

Le cinq, un corps d'environ trois mille hommes Anglais ayant

h

marché vers la rivière des Etchemins, M. de Montcalm renforça
le corps de M. de Bougainville des piquets de l'armée, de presque
tous les sauvages et du reste des volontaires.

Une frégate ennemi remonta au Cap Rouge, où elle canonna
une de nos goëlettes qui y était arrivée la veille de Montréal, avec
un chargement de farine ; nous y avions deux chaloupes canonnières, qui l'obligèrent à se retirer.

Cette farine provenait des blés que l'on avait pu ramasser dans
le gouvernement de Montréal à la faveur d'espèces sonnantes ;
sans cet appas, on eut certainement manqué de vivres à l'armée,
que l'on eut été obligé de licencier en grande partie.

Le six, les ennemis continuèrent à faire audessus de Québec
des mouvemens qui ne laissaient pas de nous inquiéter.

Il passa en plein jour, devant la place, une de leurs goëlettes
remorquant deux longues berges que le feu de nos batteries, qui
ne fut à la vérité pas fort vif, ne pût arrêter ; celles de l'ennemi
profitèrent de ce mouvement pour canonner les nôtres, où nous
eûmes 5 hommes tués, ou dangéreusement blessés.

Le sept, la flotte qui était audessus de Sillerie (elle était alors
de 18 bâtimens,) remonta au Cap Rouge accompagnée d'une
soixantaine de berges, chargées de troupes, qui après avoir fait
mine de vouloir descendre, reprirent le large et allèrent aborder à
la droite du fleuve ; M. de Bougainville suivait leurs mouvemens.

La nuit du 7 au 8, quatre nouveaux petits bâtimens passèrent
audessus de Québec et se joignirent à la flotte mouillée au Cap
Rouge ; ils essujèrent un fort grand feu des batteries de la ville
sans en être incommodés ; on crût dans le camp que l'ennemi
voulait tenter un débarquement vers la Canardière (près de la
rivière St Charles) toute l'armée malgré un très-mauvais temps
passa la nuit au bivouac.

Les farines d'Europe et celles qu'avaient produites les blés
achetés, comme il a été dit, étant toutes consommées, l'armée ne
tirait plus depuis quelques jours sa subsistance que de la récolte
du gouvernement de Montréal, qui heureusement se trouvait être
d'une beauté extraordinaire ; mais on manquait de bras pour la
recueillir ; M. de Rigaud avait déjà détaché 200 miliciens pour
y travailler ; ce secours ne suffisait point. M. de Vaudreuil manda
à M. le Chevalier de Levis, qui était venu des rapides à l'Isle aux

Noix, de les augmenter ; cet officier général avait quitté les rapides sans cependant les dégarnir, sur ce qu'il s'était assuré par le rapport de ces découvreurs revenus de Chouaguen que les ennemis y étaient tranquilles.

Les pluies continuaient de rendre nos transports de vivres très pénibles, et nous faisaient beaucoup craindre pour les moissons des gouvernemens de Québec et des Trois Rivières, qui ne le cédaient cependant point en beauté à celles du gouvercement de Montréal.

Le neuf, les ennemis jugeant vraisemblablement les maisons de la ville assez endommagées, dirigèrent la plus grande partie de leur feu sur le faubourg St. Roch.

Le 10, les ennemis parurent construire un nouveau retranchement audessus de leurs batteries de la Pointe de Levy ; nous ne comprîmes pas quel en pouvait être le véritable objet. Leur petite flotte s'étendait depuis le Cap Rouge jusqu'à la Pointe aux Trembles.

Le onze, on vit tout le jour sur le chemin qui conduisait aux batteries de l'ennemi un grand mouvement de chariots d'artillerie et la flotte mouillée audessus de Québec, reçut toutes les troupes répandue dans cette partie.

Le douze, l'ennemi fit tout le jour sur la place un très grand feu, la flotte mouillée depuis le Cap Rouge jusqu'à la Pointe aux Trembles, fut continuellement en mouvement ; il s'en détacha vers le soir quelques bâtimens qui vinrent mouiller à Sillerie.

Les mouvemens que nous voyions faire depuis quelques jours à l'ennemi audessus de Québec, et la connaissance que nous avions du caractère de M. Wolfe, ce guerrier impétueux, hardi et intrépide nous préparait une dernière attaque. La résolution en était effectivement bien prise dans l'armée anglaise. On y avait tenu ainsi que nous l'avons appris depuis par différens officiers anglais, après la levée du camp du Sault, un conseil de guerre où tous les officiers généraux opinèrent unanimement pour la levée du siége ; les officiers de mer observaient que la saison déjà avancée rendait de jour en jour la navigation du fleuve plus périlleuse, et les officiers de terre dégoûtés par la longueur d'une campagne, aussi infructueuse que pénible, regardaient comme inutile de rester plus longtems devant des retranchemens qui leur paraissaient inattaquables ; d'ailleurs, les uns et les autres ajoutaient que leur armée toujours en proie aux maladies se fondait insensiblement ; alors M. Wolfe voyant qu'il ne pourrait rien gagner en heurtant de front l'opinion générale, prit adroitement les choses d'un autre côté ; il déclara aux membres du conseil que bien éloigné de penser autrement qu'eux, il était au contraire de leur avis sur l'inutilité de prolonger le siége de Québec ; qu'aussi dans la proposition qu'il allait faire, il voulait se dépouiller de la qualité de général pour ne rien attendre que de leur opinion pour lui.

Enfin, Messieurs, leur dit-il, la gloire de nos armes me semblant exiger que nous ne nous retirions point sans faire une dernière tentative, je vous demande avec instance de vouloir bien ne vous y point refuser. Je veux que dans cette circonstance, il faut que notre premier pas nous mette aux portes de la ville.

Je vais dans cette vue essayer de faire pénétrer par les bois de Sillerie un détachement de 150 hommes seulement ; que toute l'armée se prépare à suivre ; si ce premier détachement rencontre de la part de l'ennemi quelque résistance, je vous donne ma parole d'honneur que regardant alors notre réputation comme à l'abri de toute espèce de reproche, je n'hésiterai plus à me rembarquer. Le zèle qui animait un si brave général passa chez tous les officiers qui l'entendaient, et l'on ne s'occupa plus dans son armée que des dispositions nécessaires pour l'exécution d'un si noble projet.

M. de Montcalm, de son côté inquiet pour la partie que l'ennemi paraissait menacer, craignant surtout qu'il n'eut intention de nous couper les vivres, envoya de nouveaux renforts au corps de M. de Bougainville ; ce colonel se trouva alors avoir à ses ordres, en y comprenant les sauvages environ 3,000 hommes répandus dans différens postes depuis Sillerie jusqu'à la Pointe aux Trembles ; c'était l'élite de l'armée ; on y avait réunis tous les grenadiers, tous les piquets, tous les volontaires de l'armée et la cavalerie ; on lui réitéra l'ordre de continuer à suivre attentivement tous les mouvement des ennemis, son centre était au Cap Rouge.

Les choses étaient de part et d'autre dans cet état, lorsque la nuit du 12 au 13, M. Wolfe, après avoir par différens mouvemens tâché d'attirer notre attention du côté de St. Augustin, envoya vers minuit tâter par ses berges les postes voisins de Sillerie ;

la fortune sembla dans cette occurence s'accorder avec le peu d'ordre qui régnait parmi nos troupes, pour leur en faciliter l'accès.

Il devait descendre la même nuit par eau à Québec un convoi de vivres ; on en avait fait courir le bruit dans tous les postes devant lesquels il devait passer, sans convenir avec eux d'aucun mot de ralliement ; mais quelque événement imprévu ayant empêché nos bâteaux de profiter de la marée du soir pour se mettre en marche, on en remit le départ au lendemain, et l'on n'eut pas encore l'attention d'en prévenir ces mêmes postes ; il résulta de cette double négligence que nos sentinelles en voyant avancer les berges ennemies les prirent pour les nôtres, et se contentant du mot *France* qu'elles répondirent à leur cris, elles les laissèrent passer sans se donner la peine de les reconnaître.

Trois capitaines commandaient dans ces postes : M. le Chevalier de Rumigny, du régiment de la Sarre, M. Duglas de Languedoc, et M. de Vergor, de la Colonie.

Les Anglais profitèrent de cette sécurité, abordèrent entre deux de nos postes et gravissant contre l'escarpement de la côte qu'ils avaient à monter, ils parvinrent à force de travail a en gagner la crête où ils ne trouvèrent personne.

Ce mélange de malheur et de désordre dans notre service prépara la fatale catastrophe qui, par une suite de nouvelles fautes en nous faisans perdre le fruit de tant de fatigues et de dépenses, mit le comble à notre humiliation.

La correspondance était si mal établie de l'un à l'autre des postes de M. de Bougainville, et entre ceux-ci et le camp de M. de Montcalm, que les Anglais avaient vers les cinq heures du matin tourné et dissipé les détachemens que commandait M. de Vergor à l'Anse du Foulon, et étaient déjà en bataille sur les hauteurs de Québec où ils avaient même quelques pièces de canons de campagne, de petit calibre ; que l'on ignorait encore dans nos camps qu'ils voulussent nous attaquer de ce côté là : M. de Bougainville qui n'en était éloigné que deux lieues ne l'apprit, à ce qu'il dit, qu'à huit heures du matin, et M. de Vaudreuil qui en était à beaucoup moins que la moitié de cette distance n'en fut exactement informé que vers les six heures et demie. L'armée qui, sur un mouvement que l'on avait vu faire aux berges ennemies à la Pointe de Levy, rentrait dans ses tentes.

On battit la générale, toutes les troupes reprirent les armes et suivirent successivement M. de Montcalm, qui se porta sur les hauteurs de Québec où le bataillon de Guienne, qui depuis quelques jours était revenu à l'extrémité de notre droite, avait déjà pris poste entre la ville et l'ennemi que sa présence contenait.

Notre armée de Beauport se trouvait depuis quelques jours réduite par les corps qu'on en avait détaché à environ 6,000 hommes ; on laissa pour la garde du camp les deux bataillons de Montréal, composés d'environ 1,500 hommes qui s'avancèrent cependant jusqu'à la Rivière St. Charles lorsque M. de Vaudreuil se rendit à l'armée ; M. de Montcalm ne put donc suivant ce calcul rassembler qu'environ 4,500 hommes.

Ce fut avec des forces si faibles que sans donner le temps de respirer aux derniers détachemens qui lui étaient arrivés de notre gauche et qui avaient fait d'une seule course près de deux lieues, ce général se détermina, vers les dix heures du matin, à attaquer l'ennemi dont les troupes légères fusillaient depuis quelque temps avec les nôtres, sur ce qu'on lui dit sans nulle apparence de fondement qu'il travaillait à se retrancher.

La précipitation avec laquelle M. de Montcalm attaqua prit son origine dans la jalousie : M. de Vaudreuil le prévenait par un billet, où il le priait d'attendre pour attaquer qu'il eut réuni toutes ses forces ; qu'il marchait en personne avec les bataillons de Montréal ; il n'en fallut pas davantage pour déterminer un général qui eut volontiers été jaloux de la part que le simple soldat eut pris à ses succès ; son ambition était qu'on ne nommât jamais que lui, et cette façon de penser ne contribua pas peu à lui faire traverser les différentes entreprises où il ne pouvait pas paraître.

Les deux armées séparées par une petite colline se canonnaient depuis environ une heure. (Notre artillerie ne consistait qu'en trois petites pièces de campagne.)

L'éminence sur laquelle la nôtre était rangée en bataille dominait, dans quelques points celle qu'occupait les Anglais qui y étaient couverts, soit par des ravins peu profonde, soit par des clôtures de champ en palissades ; nos troupes presque toutes composées de Canadiens fondirent sur l'ennemi avec impétuosité, mais leurs rangs mal formés se rompirent bientôt, soit par la précipitation avec laquelle ont les fit marcher, soit par l'inégalité du terrain ; les Anglais en bon ordre essuyèrent sans s'ébranler nos premières décharges.

Ils ripostèrent ensuite avec beaucoup de vivacité, et le mouvement qu'un détachement de leur centre d'environ 200 hommes fit en avant, la bayonnette au bout du fusil, suffit pour faire prendre la fuite à presque toute notre armée ; la déroute ne fut total que parmi les troupes réglées ; les Canadiens accoutumés à reculer à la manière des Sauvages, (et des anciens Parthes) et à retourner ensuite à l'ennemi avec plus de confiance qu'auparavant se rallièrent en quelques endroits, et à la faveur des *petits bois* dont ils étaient environnés, ils forcèrent différens corps à plier, mais enfin il fallut céder à la supériorité du nombre.

Les Sauvages ne prirent guères de part à cette affaire. Ils se tinrent la plus part à l'écart, attendant que le succès du combât décidât du parti qu'ils devaient prendre. On sait qu'ils ne se présentent jamais à l'ennemi en rase campagne.

Ce détail, avec le secours d'une carte pourra mettre le lecteur en état d'apprécier les fautes que fit M. de Montcalm dans cette journée ; voici les principales que les connaisseurs impartiaux lui reprochent unanimement :

1° Il devait, en apprenant que l'ennemi était à terre, faire passer des ordres à M. de Bougainville, qui avait, comme on l'a dit ailleurs, l'élite des troupes de l'armée ; en combinant ses mouvemens avec ceux de ce colonel, il lui eut été aisé de mettre l'ennemi dans une sorte d'impossibilité d'éviter de ce trouver entre deux feux.

2° Le sort de Québec dépendant du succès de la bataille qui allait se donner, il devait réunir toute ses forces ; il était donc inutile de laisser un corps de 1,500 hommes à notre camp, d'autant plus encore que n'étant retranché que du côté du fleuve et dominé par des derrières couvers de bois, il ne pourrait jamais devenir un poste tenable pour l'ennemi ; d'ailleurs, les batteries qui le bordaient étaient garnies de cannoniers.

3° Que par la même raison l'armée n'étant qu'à 200 toises des glacis de la ville, il devait en tirer les piquets qui y étaient de service. Il y eut trouvé un secours de 7 à 800 hommes. Il pouvait également en faire venir de l'artillerie, on y manquait point de pièces de campagne.

4° Que son armée n'étant en grande partie composée que de Canadiens, que l'on sait être impropres à combattre en bataille rangée, au lieu de perdre l'avantage du poste en allant attaquer un ennemi trop bien disposé, il fallait l'attendre en profiter de la nature du terrain pour placer par pelotons dans les bouquets de broussailles dont il était environné, ces mêmes Canadiens, qui, arrangés de la sorte, surpassent certainement par l'adresse avec laquelle ils tirent toutes les troupes de l'univers.

5° Que s'étant déterminé à attaquer, il eut du moins dû changer ses dispositions ; j'ai déjà dit au commencement de cet extrait que l'on avait incorporé les milices dans les troupes réglées ; pouvait-on s'attendre à trouver quelque harmonie dans les mouvements d'un corps dont les différentes parties devaient nécessairement par leur constitution s'embarrasser réciproquement ?

6° Enfin, il ne songea point à former un corps de réserve.

Quant à M. de Bougainville, ont l'a blâmé de s'être mis, en étendant trop ses troupes et en ne s'occupant pas plus essentiellement de Québec que des autres parties, dans l'impossibilité de les rassembler promptement ; à peine se trouva-t-il à midi avec la moitié de son monde en présence de l'ennemi ; on devait cependant dans ces derniers momens de la belle saison regarder comme essentiel de garder de préférence les points compris entre la Rivière St. Charles et celles du Cap Rouge ; l'une et l'autre, et surtout la dernière, formant pour la ville des barrières que l'ennemi n'eut jamais pu franchir qu'en y employant beaucoup de tems.

Mais, si les fautes que fit M. de Montcalm ont été funestes à nos armes, je dirai qu'elles me semblent avoir été déshonorées par la conduite que tinrent ses successeurs dans le commandement.

L'armée, après la bataille se rassembla dans l'ouvrage à corne que l'on avait construit à la tête du pont, jetté sur la Rivière St. Charles ; divers officiers des troupes de terre n'hésitèrent point à dire, tout haut en présence du soldat, qu'il ne nous restait d'autre ressource que celle de capituler promptement pour toute la Colonie.

Toutes les troupes eurent ordre de rentrer chacune dans leur ancien camp, et M. de Vaudreuil appela à un Conseil de guerre tous les chefs de corps ; c'est là, que ces messieurs exagérant un peu la perte que nous venions de faire, opinèrent tous unanimement pour la retraite de l'armée à Jacques Cartier ; (9 lieues) il fut décidé que l'on profiterait de l'obscurité de la nuit prochaine pour l'exécuter, et que pour en imposer à l'ennemi les troupes laisseraient les tentes tendues ; l'ennemi ne nous avait cependant tué, pris ou blessé que 7 ou 800 hommes, et l'on vient de voir qu'en réunissant le corps de M. de Bougainville, les bataillons de Montréal et la garnison de la ville, il nous restait encore près de 5,000 hommes de troupes fraîches que nous pouvions regarder comme l'élite de l'armée.   M. Bigot fut encore le seul dans le Conseil qui opinât pour que nous redonnassions une seconde fois avec toutes nos forces ; M. de Vaudreuil avait bien été de son avis, mais la pluralité des voix l'emporta. Il est a observer que M. de Bougainville se trouvait par son grade dans le cas de commander l'armée sous M. de Vaudreuil ; le bonheur de ce jeune Colonel et ses talents mêmes lui avaient fait des jaloux.

On fit demander son avis à M. de Montcalm, qui, après avoir reçu sa blessure, était rentré dans Québec.   Ce général répondit seulement, qu'il y avait trois partis à prendre ; le premier d'attaquer une seconde fois l'ennemi, le second de se retirer à Jacques Cartier, et le troisième de capituler pour la Colonie.

Je ne ferai aucune observation sur la frayeur que l'on témoigna d'être attaqué dans la retraite. J'avoue qu'après notre défaite nous ne pouvions plus par différentes raisons garder notre camp de Beauport, mais je dirai aussi, qu'il ne me parut guères vraisemblable que l'ennemi se hasarda à passer des rivières et à traverser des bois pour venir nous inquiéter, tandis qu'en lui abandonnant la campagne nous lui laissions prendre tranquillement Québec, l'objet de ses vœux.

Je n'admis jamais non plus la nécessité de la retraite à Jacques Cartier ; en renonçant à une seconde affaire générale on pouvait encore se ménager les occasions de harceler l'ennemi pendant le siège de Québec ; celà se serait fait d'autant plus aisément qu'en nous portant sur Ste. Foy, nous eussions toujours trouvé une retraite assurée dans les bois que nous eussions eu derrière nous ; et quant aux subsistances elles y seraient parvenues avec encore moins de difficulté qu'à Beauport, puisque le revers que nous

k

venions d'essuyer n'augmentait point les obstacles qu'éprouvaient nos transports, et que d'un autre côté nous nous rapprochions en même tems de nos magasins. D'ailleurs, nous nous serions trouvés par là à portée de faire entrer à tout moment des secours de toutes espèces dans la ville, que l'ennemi, n'osant pas trop se répandre dans les fonds, n'investit jamais ; ce ne fut même qu'après s'être assuré de notre retraite qu'il envoya trois jours après des détachemens à notre camp de Beauport, d'où l'on voit que nous eussions bien eu le tems d'enlever nos bagages, et pour plus de 8 jours de vivres à toute l'armée, que nous y laissâmes.

Le 14, l'armée ayant marché toute la nuit fit halte dans les environs de St. Augustin. M. de Montcalm mourut à 4 heures du matin.

Le 15, l'avant garde de l'armée arriva vers midi à Jacques Cartier ; nous y reçumes des nouvelles de Québec par lesquelles nous apprîmes que le général Wolfe avait été tué dès le commen_cement de l'affaire; que le général Moncton, son second avait été dangereusement blessé, et que le commandement de l'armée était resté à M. Townshend, des manières duquel on se louait déjà beaucoup ; il avait envoyé une sauve garde de 15 hommes à l'Hôpital Général qui continua d'être administré à l'ordinaire.

Le 16, nous apprîmes que les ennemis continuaient à se retran cher devant Québec, où M. de Ramezay mandait qu'il ne restait que pour 6 jours de vivres; il prévenait en même temps M. de Vaudreuil, qu'il se verrait bientôt dans la nécessité de capituler s'il ne recevait promptement des secours ; on entreprit de lui en faire passer la nuit suivante par terre ou par mer, mais le mauvais tems contraria nos transports.

Le 17, M. le chevalier de Levis, auquel M. de Vaudreuil avait dépêché un courrier, en se retirant de Beauport, arriva à l'armée ; on se détermina sur-le champ à remarcher sur Québec, et M. de Vaudreuil en donna avis à M. de Ramezay, qu'il exhortait à tenir jusqu'à la dernière extrémité ; il lui annonçit en même temps, le départ de secours de vivres.

Le 18, l'armée alla coucher à la Pointe aux Trembles ; M. de Vaudreuil y reçut un courrier que lui avait dépêché M. de Ramezay pour lui apprendre que craignant de manquer de vivres il avait envoyé proposer au général anglais, par M. Joannes, aide

major au Régiment de Languedoc, les articles de la Capitulation,
rédigée (avant l'ouverture de la campagne) par feu M. le Marquis
de Montcalm ; mais il lui donnait en même temps l'espérance qu'il
romprait la négociation si les secours de vivres arrivaient avant
qu'elle fut consommée.

Le 19, l'armée alla coucher à St. Augustin ; nous y trouvâmes
M. Dubrespy, capitaine au Régiment de Béarn, qui remit à
M. de Vaudreuil la capitulation acceptée par M. de Ramezay.
Ce Lieutenant de Roy, avait bien reçu le secours de vivres avant
le retour de M. de Joannes, mais les choses lui parurent trop
avancées pour pouvoir s'en dédire. Il faut avouer qu'il y avait
bien peu de bonne volonté dans tout ce qui composait sa garnison,
qui, relativement à l'enceinte de la place, était très faible ; on
objectera à cela qu'il avait été prévenu que l'armée marchait à
son secours.

La reddition de Québec ne nous permettant plus de rien entreprendre de ce côté, l'armée retourna à Jacques Cartier où il fut
décidé que l'on construirait un fort capable de contenir 500
hommes auxquels on y ferait passer l'hiver.

Suivant les nouvelles que nous recevions chaque jour de Québec
les ennemis fesaient travailler avec la plus grande vivacité, tant à
augmenter les dépenses de la place, qu'à former des magasins pour
la subsistance de la garnison qui devait y passer l'hiver.

La difficulté que les Anglais fesait de recevoir la monnaie du
pays, fesait éprouver au peuple qui y restait une fort grande disette,
qui s'étendit jusques sur l'Hôpital Général même, et ce ne fut,
qu'après avoir fait entendre aux généraux anglais que s'étant
rendus, en s'emparant de la ville, maîtres des hôpitaux qui en
dépendaient, ils devaient naturellement pourvoir à leur subsistance, que l'on parvint à en obtenir des secours pour celui-ci ; au
reste, l'état déplorable où le reste des maisons de la ville avait été
réduit, par le boulet et la bombe, y rendit les logemens fort rares ;
Anglais et Français, tous éprouvaient les mêmes incommodités,
mais le plus grand poids en tombaît nécessairement sur les derniers ; on se trouvait pêle mêle dans les maisons où ce désordre a
occasionné un désordre considérable.

Vers le 1er jour d'Octobre, un détachement d'environ 200
hommes de l'armée de M. Amherst, conduit par le capitaine Rogers,

ayant eu la hardiesse de traverser un pays assez considérable couvert de bois, vint à la faveur de la surprise brûler le village sauvage de St. François ; M. de Bourlamaque avait bien eu connaissance de sa marche ; il avait fait enlever les canots que Rogers avait été obligé d'abandonner audessus de l'Isle aux Noix ; y comptant qu'il reprendrait la même route pour le retour, il le fesait guetter au passage par un gros détachement de Canadiens et de Sauvages, mais Rogers avait prévu tout cela, et il avait en conséquence résolu de gagner Orange par un autre côté ; il ne put cependant échapper à la poursuite de 200 Sauvages qui coururent à la vengeance. Le défaut de vivres l'avait obligé de diviser son monde en petits pelotons, afin qu'il put trouver plus aisément de quoi subsister, les Sauvages en massacrèrent une quarantaine et en emmenèrent 10 prisonniers à leur village, où quelques uns, malgré les efforts que les Canadiens purent faire pour les sauver, devinrent les victimes de la fureur des femmes sauvages.

Peu de jours après, nous eûmes du côté de l'Isle aux Noix une alerte fort chaude : M. de Bourlamaque avait fait avancer vers St. Frédéric pour observer les mouvemens de l'ennemi, la petite marine que nous avions sur le Lac Champlain ; il n'ignorait cependant point que celle que l'ennemi y avait fait construire de son côté ne lui fut très supérieure ; ce qui devait arriver, arriva, pendant que le Sr. Dolaborats (sujet à ne plus employer en chef) qui commandait nos Zébecs et autres petits bâtimens était mouillé dans une des anses du Lac ; les frégates anglaises appareillèrent pour le venir chercher, mais il arriva que l'ayant dépassé dans la nuit, elles se trouvèrent au matin à 5 lieues en deçà ; sur cela, le Sieur Dolabarats voyant sa retraite en quelque sorte coupée, crut devoir assembler un Conseil ; (il avait avec lui un détachement de troupes de terre) on y décidat qu'il n'y avait d'autre parti à prendre que celui de couler les bâtimens bas et de s'en retourner à Montréal par terre, ce qui fut exécuté.

Nous apprenons en fermant ces paquets que les Anglais en ont déjà relevé un.

Cette aventure, la vue des bâtimens anglais et celle de quelques berges qui s'approchèrent de l'Isle aux Noix, firent croire à M. de Bourlamaque que l'armée ennemie s'avançait pour l'attaquer. L'alarme fut vive ; on rassembla à la hâte de tous côtés les habitans qui étaient de retour de l'armée ; ces pauvres gens fatigués de la campagne qu'ils venaient de faire et voulant donner à leurs travaux domestiques le reste de l'arrière saison ne marchèrent qu'avec répugnance ; nos inquiétudes cessèrent heureusement avant que cette milice fut toute rassemblée.

Telle a été la suite des événemens qui, s'ils n'ont pas fait perdre entièrement à la France une colonie dont la conservation lui coûte si chère, l'ont du moins réduite au point de ne pouvoir désormais trouver de salut que dans une paix prochaine, à moins qu'elle ne reçoive à temps des secours immenses d'Europe ; ceux qui n'en parcoureront que superficiellement les détails ne pourront s'empêcher de compter nos malheurs au nombre de ceux que l'on ne peut attribuer qu'à la fortune ; il n'en sera pas ainsi de ceux qui, animés par un zèle éclairé par le bien de l'Etat, ne négligeront point de les approfondir pour en discerner les véritables causes, et comme en formant cet extrait je n'ai eu pour objet que de répondre de mon côté aux vues patriotiques de ceux-ci et à la confiance qu'ils m'accordent, en tirant de l'obscurité des faits dont il peut être intéressant qu'ils aient connaissance, je tâcherai, en évitant cependant autant que je pourrai d'être prolixe, de leur en faire appercevoir les sources.

Au lieu de les chercher dans une fatilité que la superstition apperçoit toujours dans ce qui arrive de fâcheux aux hommes, je crois pouvoir, sans rien hasarder, me flatter de les trouver dans les passions auxquelles nous avons eu le malheur d'être trop sujets, ou plutôt dans les désordres qui en sont les suites nécessaires.

Quand le Roy a fait passer des troupes de terre en Amérique, il ne les a considérées que du côté des services qu'elles pouvaient y rendre, et l'on peut dire que Sa Majesté, au lieu de les exiger en maître, a semblé ne vouloir les attendre que de la reconnaissance que devaient exciter ses bienfaits ; mais ces mêmes faveurs dont les troupes de terre se trouvaient comblées en arrivant en Canada, ne contribuèrent pas peu à dégoûter celles dont le sort était d'y servir à perpétuité, et sur lesquelles, on ne peut disconvenir que l'on ne dut, malgré le relâchement de leur discipline, plus compter que sur les premiers ; chaque nation a sa méthode de faire la guerre, et l'on sait que celle qu'il **faut suivre dans le Canada** n'a que peu de rapport avec celle que l'on pratique en Europe.

De ce genre de jalousie naquit bientôt, entre les différents corps, une mésintelligence à laquelle le partage de l'autorité dans le commandement prépara les voies pour remonter de grade en grade jusques aux chefs, où elle produisit les ravages dont les suites devaient être si funestes.

M. de Montcalm en ressentit et en laissa le premier appercevoir les accès ; plein d'esprit, mais d'une ambition démésurée, plus brillant par les avantages d'une mémoire ornée que profond dans les sciences relatives à l'art de la guerre dont il n'avait même pas les premiers élémens, ce général était peu propre au commandement des armées ; il était d'ailleurs, sujet à des emportemens qui avaient refroidi pour lui ceux mêmes qu'il avait obligés, et qui par état devaient lui être unis d'intérêts ; j'ajouterai que quoique brave, il n'était nullement entreprenant ; il n'eut jamais, par exemple, attaqué Chouaguen, s'il n'y avait été forcé par les reproches que lui fit, sur l'espèce de timidité qu'il montrait, M. de Rigaud, homme borné à la vérité, mais plein de valeur et d'audace, accoutumé à courrir les bois ; il eut abandonné le siége du Fort George, dès l'instant même qu'il l'eut entrepris s'il n'eut été ramené par la fermeté de M. le C^hev. de Levis ; il joignait à cette médiocrité dans les talens nécessaires à un militaire de son rang un défaut bien grand pour un général : c'est l'indiscrétion. Plus occupé du soin de faire briller son éloquence, que des devoirs qu'exigeait son état, il ne pouvait s'empêcher de publier ses desseins longtems avant qu'ils dussent être mis à exécution, et il suffisait qu'il en voulut à quelqu'un pour qu'il ne cessat d'en déchirer la réputation en termes indécens, en présence de ses domestiques mêmes et par conséquent des troupes ; c'est par ses propos, qu'il ne répandait pas dans le fonds sans intention, qu'il a fait perdre à M. de Vaudreuil la confiance du soldat, des habitans et du Sauvage même auxquels ce gouverneur eut certainement été cher, si ces gens avaient pu pénétrer ses sentimens pour eux. Du bon sens, point de lumières, trop de facilité, une confiance dans les événemens, qui rend les précautions souvent tardives, de la noblesse et de la générosité dans les sentimens, beaucoup d'affabilité, voilà les principaux traits qui m'ont paru caractériser M. le Marquis de Vaudreuil ; sa bonté poussée à l'excès eut certainement, en Europe, été sujette à des inconvéniens infinis ; en Canada le vice opposé eut certainement

précipité la ruine de la Colonie ; on ne peut sans y avoir vécu se
faire une idée exacte de la patience dont il faut, en particulier,
être doué, pour soutenir les importunités de la part des Sauvages
auxquels un gouverneur est continuellement exposé, et surtout en
temps de guerre. Ignorant également les maximes du gouvernement civil ou militaire, M. de Vaudreuil n'a pu, d'un autre côté,
comprendre les inconvéniens qu'il y avait à pousser trop loin
l'indulgence dont il convenait cependant d'user, avec mesure,
envers les milices ; cela a produit deux effets également fâcheux.

Les Canadiens, de la valeur, de l'adresse et de la docilité desquels bien modifiés, il n'est rien que l'on put attendre, sont tom-
bés insensiblement dans le relâchement, et M. de Montcalm, de
son côté, fut assez peu citoyen pour en tirer une sorte de droit de
laisser périr parmi ses troupes de terre, toute espèce de discipline ;
le soldat cessa de reconnaître l'officier, qui, lui même devint
insubordonné ; les désordres de tous genres suivirent, il n'y eut
plus de règle ni d'exactitude dans le service ; rien n'égale les
dégats commis par les troupes dans toutes les campagnes où l'ennemi a campé ; on s'en plaignait, le général répondait, que tout
appartenait au soldat, qui, instruit de ces dispositions, se répandait
dans les habitations à deux et trois lieues à la ronde. C'est à cette
occasion qu'une femme, un jour d'alerte, en reprochant à M. de
Montcalm la dureté avec laquelle il laissait ravager par ses soldats,
le bétail, la volaille, les jardins, les plantations de tabac, et même
les blés, lui dit chez M. de Vaudreuil, en présence de 20 officiers,
qu'il aurait 500 soldats de moins à opposer aux efforts de l'ennemi
dont on s'attendait à être attaqué dans le moment, s'il ne se hâtait
d'envoyer battre la générale dans les profondeurs de Charlesbourg,
(environ 2 lieues) où ils s'occupaient à piller dans l'intérieur
même des maisons.

Les officiers de terre, pour justifier les désordres que commet-
taient les soldats, répondait aux plaintes qu'on leur portait que les
troupes mourait de faim. La ration était composée d'une livre de
très-beau pain et d'une livre de viande.

De la conduite que tenaient ces deux généraux je dois passer à
celle de l'Intendant, qui devait concourir avec eux dans les arrangemens relatifs aux opérations générales.

Je n'entrerai point ici dans l'examen des reproches que le public

a fait à M. Bigot ; je dirai seulement, que les bénéfices immenses
à la vérité que lui ont apportés les fonds qu'il a risqués dans le
commerce, en lui faisant beaucoup d'envieux, ont exposé sa réputation aux traits de la plus noire calomnie ; les ressources d'un
commerce heureux sont connues dans tous les pays du monde ; le
bonheur le plus marqué a toujours constamment accompagné celui
qui s'est fait pour le compte de cet Intendant ; partant de ces
deux vérités, que personne je crois, ne peut contester, on revien-
dra aisément de l'étonnement qu'à causé sa fortune, quelque
extraordinaire quelle soit, si l'on veut considérer qu'il est arrivé,
par la variation prodigieuse que les prix des denrées et de toutes
les marchandises ont éprouvées en Canada, (ce qui est assez ordinaire dans toutes les colonies) que tel qui a fait valoir, depuis
deux ans, mille écus seulement, peut se trouver aujourd'hui riche
de 400 mille francs.

La velte d'eau de vie qui coûte en France 50—se vend actuellement ici à 100—&c., &c., &c., j'ajouterai, qu'il n'eut certainement pas donné lieu à tant de propos si sa générosité n'avait fait
un grand nombre d'ingrats ; ce n'est pas que je prétende approuver
qu'un Intendant fasse le commerce ; je croirai même malgré l'usage
où ont été les précédens Ministres de la tolérer assez ouvertement,
qu'il s'y trouvera toujours des inconvéniens infinis ; mais aussi, il
faut en le défendant que le Roy fasse à un honneur de ce rang le
traitement qui puisse le mettre en état de vivre convenablement.
Cette double observation doit naturellement s'étendre *mutatis
mutandis* à toutes les classes d'officiers dont on sait que l'intérêt
particulier ne permet malheureusement plus aujourd'hui à l'Etat
d'attendre des services distingués.   Je ne peux parler, non plus,
que fort vaguement de l'administration de M. Bigot ; tout le
monde sait qu'il a de la finesse dans l'esprit, mais personne
n'ignore que pour connaître exactement le bien et le mal, qu'un
homme en place de cet ordre a pu faire, il faudrait s'être trouvé
longtemps à portée de suivre la marche de ses opérations pour pouvoir en observer les résultats. Je remarque en général, que fut-il
Colbert, il n'eut pu prévenir certains abus qui proviennent de
la Constitution du service de cette Colonie. N'est-il pas, par
exemple, de la dernière irrégularité que le contrôleur s'y trouve
chargé depuis un temps immémorial de plusieurs détails dont il

est le censeur né ! Cela pouvait, dans la naissance de la Colonie
être compatible avec l'inexactitude qu'exige le service ; (parce que
l'Intendant pouvait tout voir) mais depuis plusieurs années que
les dépenses y sont devenues si considérables, est-il vraisemblable
que l'homme le plus scrupuleux du côté de la probité, le plus
éclairé et tout ensemble le plus laborieux eut pu satisfaire à tant
d'objets différens où son état demandait de sa part, que le
maintien de la règle, fonction qui exige certainement bien un
homme tout entier !

Celui qui occupe actuellement cette place, homme à l'abri de
reproches, n'a pu en disconvenir avec moi ; il m'en a de lui même
fait apercevoir plusieurs conséquences.   .

Mais je veux admettre que le Roy eut eu à la tête de chacun de
ces détails des personnes intelligentes, à qui même un traitement
avantageux eu pu faire prendre le bien de son service à cœur, il
n'en eut pas été moins impossible qu'elles eussent pu satisfaire
aux vues de leur zèle par la tournure que les choses ont prises,
je m'explique :

Quand le Roy a par ses ordonnances attribué une certaine autorité aux officiers chargés de la partie économique de son service,
il a sagement prévu qu'elle était nécessaire à des personnes qui
devaient servir comme de digues contre les prétentions souvent
injustes du militaire.

Tel est je crois le systême du gouvernement monarchique.

Les lois prononcent des peines contre ceux qui auront troublé
le plus petit huissier dans les fonctions de son emploi ; le service
du Roy me semble devoir être le même partout, l'uniformité dans
toute ses parties en fait de solidité.

Mais, par un bouleversement déplorable il est arrivé, qu'au lieu
de maintenir ces mêmes personnes dans une considération propor-
tionnée à l'objet de leurs fonctions (et qu'il eut peut-être été
avantageux d'augmenter encore avec certaines conditions) on a
souffert, en France même, que toutes les règles du service, soit de
la bienséance fussent violées impunément à leur égard ; elle n'ont
pu manquer de tomber dans un avilissement, si j'ose me servir de
ce terme, qui les a réduits à la nécessité de se relâcher dans des
occasions où il eut été important qu'elles eussent osé montrer de
la fermeté ; mais si l'on a vu en France, sous les yeux de la Cour,

1

régner un désordre aussi déplorable, a-t-on pu se flatter qu'il ne gagnerait pas jusques dans les colonies, et surtout dans celle-ci, où la longue durée des guerres et la constitution des choses ont, non seulement fait parvenir le militaire au comble du despotisme, mais encore où le crédit de l'Intendant a été entièrement ruiné par les désagrémens dont il a été accablé publiquement dans ses derniers temps ! Il y a sans doute, bien pénétré ce désordre, pour y produire ses plus fâcheux effets : de là se sont nécessairement ensuivies les dépenses énormes occasionnées, d'un côté, par la faculté qu'avaient les officiers détachés de faire, en paraissant remuer un peu de terre &c., des fortunes aussi considérables que rapides, et de l'autre par les fausses consommations de toute espèce, et particulièrement en vivres, auxquelles il n'a plus été permis à cet Intendant de tenter seulement de mettre un frein ; il a des preuves écrites des écarts que M. de Montcalm a eu vis-à-vis de lui cette année ; ce général y oubliait et ce qu'il devait au service et ce qu'il devait à cet Intendant et ce qu'il se devait à lui-même ; et comme il n'était dans ces pièces question que de choses assez indifférentes et mêmes abjectes, elles peuvent servir à faire connaître toute l'étendue de l'injuste passion qui tourmentait M. de Montcalm.

Il serait superflu que fisse ici de nouvelles réflexions sur ce qu'il devait résulter d'un gouvernement aussi convulsif ; j'ai tâché malgré la précipitation avec laquelle j'ai été obligé de crayonner ce tableau, d'y mettre les choses dans un ordre assez clair pour qu'en les rapprochant de tout ce qui a été dit et écrit par le passé sur ces matières, les personnes à qui je prends la liberté de l'adresser fussent en état de porter leur jugement.

Lettre de M. Bigot au Ministre.—Montréal, 25 Octobre, 1759.

Monseigneur,

Vous aurez été informé, avant la réception de celle-ci de la perte que nous avons faite de Québec, dans un tems où nous nous comptions en sureté. Mʳˢ les Marquis de Vaudreuil et Montcalm avaient pris, dès le commencement de la campagne, toutes les mesures possibles pour faire échouer les projets des ennemis sur cette place, et ils devaient se flatter d'y réussir, notre armée étant plus forte que celle des Anglais. Nous avions 13,000 hommes et mille à 1,200 Sauvages, sans compter 2,000 hommes de garnison dans la ville ; d'ailleurs, notre armée était retranchée depuis l'entrée de la Rivière St. Charles jusqu'au Sault Montmorency. Vous recevrez sans doute, Monseigneur, le plan de nos campemens.

J'avais fait construire suivant la décision du conseil de guerre, avec une diligence extraordinaire 6 chaloupes, portant un canon de 24 ; 12 bâteaux plats ayant un canon de 8 et une batterie flottante de 12 pièces de 24, 12 et 18 pour défendre la descente.

Les Anglais ayant descendu le 30 Juin, à la Pointe de Lévy établirent des batteries de mortiers et de canons de 32 vis-à-vis Québec, de l'autre côté de la rivière. Ces batteries jointes aux carcasses et pot à-feux qu'ils ont jettés ont démoli et incendié les trois quarts des maisons de la ville.

Ils firent passer le 17 Juillet, huit vaisseaux pendant la nuit audessus de Québec, avec 1,000 hommes de débarquement. Ils tentèrent de descendre à 8, 10 et 14 lieues audessus de cette ville, mais ils furent partout repoussés ; M. de Bougainville avait été envoyé dans cette partie, avec un gros corps.

M. Wolfe, qui avait descendu avec 3,000 hommes au commencement de Juillet de l'autre côté du Sault de Montmorency, attaqua le 31 du dit mois, avec le restant de son armée, les retranchements qui bordaient le Sault de notre côté et que M. le Chev. de Levis commandait ; les ennemis furent vivement repoussés ; le général anglais abandonna quelques jours après sa position au Sault qui avait fort incommodé pendant plus d'un mois le camp de M. le Chev. de Levis.

Au commencement de Septembre, les ennemis firent passer encore audessus de Québec, 12 bâtimens pour se joindre à ceux qui y étaient déjà ; ce qui en faisait 20, et ils firent défiler par la côte du Sud 3,000 hommes qui s'embarquèrent dessus. On renforça, pour lors, le corps de M. de Bougainville qui avait ordre de suivre les mouvemens de ces vaisseaux. Ils étaient ordinairement mouillés au Cap Rouge à 3 lieues audessus de Québec ; M. de

Bougainville y était campé avec un fort détachement de son corps. Cet officier suivait les vaisseaux quand ils montaient ou descendaient.

Enfin la nuit du 12 au 13, les ennemis s'embarquèrent dans des berges qui étaient abord de leurs vaisseaux, et passèrent devant les postes que nous avions depuis celuy de M. de Bougainville, à la ville ; quatre différentes sentinelles se contentèrent de leur crier : " qui vive ? " ils répondirent : " France," on les laissa passer sans reconnaître.

Les officiers qui commandaient ses postes le firent dans la persuation où ils étaient que c'étaient des bateaux plats chargés de nos vivres, que le commandant de la place avait ordonné le soir même de laisser passer et qui n'eurent pas lieu ; ils devaient partir du Cap Rouge. Les anglais étant parvenus devant une côte escarpée, à trois quarts de lieue de la ville et qu'ils avaient sans doute reconnue pour n'être point gardée, y montèrent et firent attaquer par les derrières un de nos postes qui gardait une rampe qui conduisait jusques au bord de l'eau. L'officier de ce poste (Vergor) reçut plusieurs blessures, mais il fut fait prisonnier avec son détachement. Les ennemis pour lors, aplanirent la rampe et firent descendre leur armée qui attendait dans des berges la réussite de leur avant garde. Les vaisseaux descendaient néanmoins pour venir soutenir leurs berges. M. de Bougainville ne les suivit pas, comptant qu'ils remonteraient à la marée comme ils fesaient ordinairement.

Nous fûmes instruits, au jour, au camp, que quelques uns de nos postes audessus de Québec, avaient été attaqués. M. le Marquis de Montcalm qui ne comptait pas la chose si sérieuse, n'envoya d'abord à leur secours que quelques piquets, en se fesant suivre par une grande partie de notre armée; elle avait diminuée en bonté et en nombre par 3.000 hommes ou environ qui étaient aux ordres de M. de Bougainville; ils étaient tous d'élite puisqu'ils étaient composés de grenadiers et de volontaires de l'armée, tant en troupes qu'en Canadiens. M. le Mis de Montcalm fut bien surpris, lorsqu'il fut monté sur la hauteur derrière la ville, de voir l'armée anglaise qui se formait dans la plaine. Il donna ordre de hâter la marche des corps qui venaient le joindre, et à peine furent-ils arrivés, à lui, qu'il marcha à l'ennemi et l'attaqua. Ces différens corps, dont les bataillons de la Sarre, Royal Roussillon, Languedoc, Guienne et Béarn étaient, ne formaient que 3,500 hommes ou environ. Il y en avaient qui venaient d'une lieue et demie, ils n'avaient pas eu le tems de prendre haleine. Cette petite armée fit deux décharges sur celle des Anglais, qui n'était pareillement que de 3 à 4 mille hommes, mais la nôtre prit malheureusement la fuite à la première décharge des ennemis, et elle aurait été entièrement détruite si 8 à 900 Canadiens ne se fussent jettés dans un petit bois qui est près de la Porte St. Jean, d'où ils firent un feu si nourri sur l'ennemi qu'il fut obligé de s'arrêter pour lui répondre. Cette fusillade dura une bonne demie heure, ce qui donna le tems aux troupes et aux Canadiens fuyards de regogner le pont que nous avions sur la Rivière St. Charles pour communiquer à notre camp.

C'est dans cette retraite, que M. de Montcalm reçut une balle dans les reins comme il était prêt d'entrer en ville par la Porte St. Louis. Je sçay toutes les particularités de cette descentes par des officiers anglais de ma connaissance qui me l'ont fait dire, en ajoutant que M. Wolfe n'avait pas compté réussir ; qu'il n'avait tenté que de descendre audessus de Québec, et qu'il ne devait sacrifier que son avant garde qui était de 200 hommes; que si on eut tiré dessus, ils se rembarquaient tous ; que les gros canons et les mortiers vis-à-vis la ville avaient été rembarqués, et que les troupes devaient s'en retourner et partir le 20 Septembre.

Nous essuyâmes, dans la même matinée, deux malheurs auxquels nous ne nous serions jamais attendus ; 1° la surprise d'un de nos postes qui se croyait en sûreté, étant gardé par plusieurs qui étaient plus près de l'ennemi. 2° la perte d'un combat.

On prétend que si M. de Montcalm avait voulu attendre M. de Bougainvile, ou renforcer son armée, soit de la ville ou du camp de Beauport, les Anglais étaient perdus, parcequ'il n'avaient pas de retraite ; mais, son ardeur et d'autres raisons peut-être que nous ne sçavons pas, l'emportèrent et l'engagèrent à donner contre des troupes réglées, bien disciplinées et à nombre égal. Je suis persuadé qu'il avait eu de bonnes raisons pour ne pas attendre plus longtemps.

M. le Marquis de Vaudreuil après cette bataille perdue, fit assembler le Conseil de guerre pour voir quel parti il convenait de

prendre. Il pensait qu'on pouvait attaquer le lendemain à la
pointe du jour, en rassemblant toutes nos forces, tant celles de M.
de Bougainville, qui étaient les meilleures, et qui n'avaient point
donné, qu'une partie de celles de la ville et celles de notre camp.
J'étais aussi de cet avis, mais tous les officiers du Conseil insis-
tèrent sur la retraite à faire à Jacques Cartier. M. le Mis de Vaudreuil voyant ces messieurs persister dans leurs sentimens, craignit
de compromettre la Colonie et ordonna la retraite pour 10 heures
du soir. Nous abandonnions cependant une grande partis des
tentes et équipages de l'armée, et 10 jours de vivres que j'avais
bien eu de la peine à faire venir en charettes, parcequ'ils ne pouvaient nous parvenir par eau qu'avec beaucoup de risques. Je ne
pus faire passer à Québec de tous ces vivres qu'une cinquantaine
de quarts de farine faute de voitures ; et les vivres de cette ville
qui étaient dans un faubourg à côté des fours, à cause des incendies, avaient été pillés le matin par les ennemis ; d'ailleurs, l'armée allait dans un quartier où il y avait peu de maisons, et la
saison commençant à avancer, elle s'exposait à souffrir beaucoup
de froid et de misère ; je le représentai inutilement au Conseil.

Le lendemain de notre arrivée à Jacques Cartier, M. le Chev.
de Levis y arriva, il blâma hautement notre retraite ; il me
demanda s'il y aurait moyen d'avoir des vivres pour Québec, je
promis qu'il n'en manquerait pas, pourvu qu'on fournit les escortes
nécessaires. Il convint dès le moment avec M. le Marquis de
Vaudreuil de marcher au secours de cette ville et d'en informer
M. de Ramezay, commandant de la place. En conséquence, M.
de Vaudreuil lui envoya ordre de ne point se rendre ; qu'il ne
manquerait pas de vivres et que l'armée marchait à son secours.
En effet, M. de La Roche Beaucourt introduisit dans la ville, dès
le lendemain au soir, 120 quintaux de biscuit et annonça à M.
de Ramezay pour la nuit suivante deux convois que j'avais ordon-
nés, dont un de 80 charettes charchées de farine et l'autre que
j'avais risqué en batteaux par eau.

M. de Ramezay avait marqué à M. de Vaudreuil qu'il ne se
rendrait pas ; cependant, il capitula le lendemain de l'entrée du
biscuit et le même soir les convois que M. La Roche Beaucourt
avaient annoncés arrivèrent ; ils furent heureusement avertis
comme ils étaient sur le point d'entrer en ville, et nous ne les

perdîmes pas.   M. La Roche Beaucourt a servi avec distinction pendant cette campagne, et c'est un des officiers qui ait rendu le plus de services au Roy.   Il commandait les cavaliers, dont M. de Vaudreuil avait formé deux compagnies.   Ils ont été très utiles, et ont vu souvent le feu.

L'armée était cependant partie de Jacques Cartier pour aller secourir Québec ; nous étions à St. Augustin, a 4 lieues de cette ville, lorsque nous apprîmes qu'elle s'était rendue.   Nos généraux en furent d'autant plus touchés que cette place n'était pas investie, et qu'on entrait et sortait tout ce qu'on voulait.   L'armée anglaise n'était pas assez nombreuse pour s'y opposer, puisqu'elle ne consistait qu'en 6 ou 7 mille hommes.   Je n'entre point, Monseigneur, dans les raisons de M. de Ramezay ; elles sont sans doutes fondées.

Après avoir reçu cette nouvelle, M. le Marquis de Vaudreuil ramena l'armée à Jacques Cartier où elle est encore, sous les ordres de M. le Chevalier de Levis jusqu'au premier Novembre, et on y bâtit un fort qui contiendra pendant l'hiver une garnison de mille hommes.

Ce n'a pas été, Monseigneur, sans des peines infinies que j'avais réussi à faire subsister notre armée de Québec, qui consommait chaque jour au moins 20 mille rations, y compris les familles des Sauvages.   Je fournissais, en outre, à 4 ou 5 mille femmes et enfans du peuple de la ville un quarteron de pain. J'avais d'ailleurs à faire vivre notre armée du Lac Champlain et celle des rapides.   Ces trois armées formaient plus de 30,000 bouches, et nous n'avions reçu de France que pour 20,000 rations par jour pendant trois mois, en la retranchant d'un quart.   Je prévoyais que la Colonie serait épuisée à la fin de Juillet de toutes sortes de comestibles et surtout de blé ; il me vint en idée de faire ramasser tout l'or et l'argent monnoyé qui était dans le pays pour des lettres de change du Roy ; on les refusa, mais on accepta les miennes et cela me réussit ; l'habitant avide des espèces monnoyées me vendit sa subsistance et ne vécu que d'herbage, pendant deux mois, jusqu'à la récolte.   J'ai soutenu par ce moyen nos trois armées et je ne sçai de quoi nous serions devenus si cela n'eut pas réussi.

Sans la surprise de nos postes audessus de Québec, cette ville était sauvée. Le Roy aurait conservé le Canada pour ainsi dire en entier. On avait dépeint son état trop misérable, on ne connaissait pas sans doute parfaitement ses ressources, elles sont maintenant bien épuisées, mais avec un peu de secours de France en vivres et en augmentations de bataillons on aurait sauvé Québec, et les forts du Lac Champlain ou Niagara. J'avais chargé M. Bernier, Commissaire des guerres, de l'hôpital de l'armée de Québec, tant pour les troupes que pour les Canadiens. Il a rempli au mieux ce détail pendant toute la campagne, et comme il s'est trouvé commissaire de cet hôpital à la reddition de la place, il a resté conformément au cartel, sans être prisonnier. Il y sert encore très-utilement et à notre satisfaction. Nos généraux ainsi que moi s'adressent à lui pour tout ce dont nous avons besoin auprès du général anglais. Ce Commissaire continue de veiller à la conservation et subsistance de nos blessés et malades à cet hôpital.

    J'ai l'honneur d'être avec un profond respect,

        Monseigneur,

           Votre très-humble et très-obéissant serviteur,

                BIGOT.

    Je ne peux, Monseigneur, avoir l'honneur de vous marquer notre situation, n'ayant point de chiffre ; vous le saurez par celle de M. le Chevalier de Levis.

Fin de la première partie.

MÉMOIRE DU SIEUR DE RAMEZAY.

———

MÉMOIRE du Sieur de Ramezay, Chevalier de l'ordre
Royal et Militaire de St. Louis, ci-devant Lieutenant pour le Roy commandant à Québe, au
sujet de la Reddition de cette ville, qui a été sui-
vie de la Capitulation du 18 7bre 1759.

La plus légère apparence de mécontentement de la part du
Prince ou des Ministres qui le représentent, allarme un sujet fidel.
Son premier mouvement est un retour sur lui-même ; il jette un
coup d'œil sur toute sa conduite passée ; il examine avec soin, si son
zèle ne se serait pas démenti en quelque occasion ; et lorsqu'après
une discution scrupuleuse de toutes ses démarches, il trouve qu'il
n'a aucun reproche à se faire, il conclu avec raison qu'on l'a
desservy. Mais, le public qui n'est point informé de la vérité,
porte un jugement tout différent : A ses yeux pour l'ordinaire,
une disgrâce suppose quelque juste sujet de mécontentement ; il
n'en cherche point d'autres preuves, il se persuade, il décide que
la personne sur qui elle tombe, n'a pas toujours suivy fidèlement
les routes du devoir. Les plus modérés sont ceux qui veulent bien
s'en tenir sur son compte à de simples soupçons.

Un homme né avec des sentiments, ne peut soutenir un instant
l'idée d'une pareille tache à sa réputation. C'est peu pour luy de
pouvoir se rendre justice à luy-même. Il se croit obligé à forcer

m

ses concitoyens à la lui rendre également, en mettant sous leurs yeux la justification de sa conduite ; son honneur est blessé s'il ne luy reste que ce seul moyen de le rétablir ; il doit nécessairement l'employer. Telle est la position fâcheuse où je me trouve, la triste nécessité où me jette, et où pouvoit seule me jetter la malignité de mes ennemis.

Dans l'arrangement de la cour vient de prendre pour le traittement des officiers du Canada, le mien n'est point à beaucoup près proportionné au rang que j'y tenois. On y voit quelques uns de mes subalternes aussi bien partagés que moy. On en voit d'autres encore plus favorablement traittés. On voit une égale disproportion, entre le traittement que l'on m'a fait, et celui qu'ont obtenu les Lieutenants du Roy des autres Colonies. La retraite qu'on leur a accordé va de 1500 à 2000, et celle que l'on me donne n'est que de 800.

On n'a pas lieu sans doute d'être pleinement satisfait de mes services ; c'est la conclusion que vont tirer de là tous ceux qui seront informés de la modicité de ma retraitte. Je les pris instamment de vouloir bien suspendre leur jugement, et je me flatte de les convaincre que, depuis quarante ans que je sers le Roy, mon zèle pour mon service, ne s'est pas démenti un seul instant ; qu'on ne doit par conséquent attribuer la modicité de mon traittement, qu'aux préventions qu'on a eu le talent de nourrir contre moy.

Je commencerai par le détail de mes services depuis 1720 que le Roy me donna une commission d'Enseigne, jusques en l'année 1759, que les Anglois formèrent le siège de Québec. Je donnerai ensuite un mémoire exact et fidèl de la conduite irréprochable que j'ai tenue pendant le siège de cette place, qu'une combinaison de circonstances malheureuse me força de remettre à l'ennemy après en avoir obtenu une capitulation plus honorable, que je ne devois m'y attendre.

Ces deux objets formeront deux articles, à la suite desquels on trouvera différentes pièces qui ne contribueront pas peu à mettre la vérité dans tout son jour.

ARTICLE PREMIER.

—

DETAIL DE MES SERVICES DEPUIS 1720 JUSQU'EN 1759.

Nous étions quatre frères qui, dès notre enfance, fûmes tous destinés au service ; mon père qui vint en Canada Capitaine d'une compagnie détachée de la marine, qui toute sa vie avait fait ses délices des fatigues et des dangers inséparables de cet état, ne crut pas devoir en faire embrasser d'autres à ses enfants ; il pensa même que les témoignages flatteurs que Sa Majesté lui avoit donnés dans tous les tems de sa satisfaction lui en faisoient un devoir, et que c'était ce qu'il pouvoit faire de mieux pour lui donner des preuves de sa reconnaissance. Le Roy l'avoit nommé d'abord au gouvernement des Trois-Rivières ; informé du zèle avec lequel mon père avait rempli cette place pendant dix ans, Sa Majesté luy accorda celui de Montréal où il a continué de servir avec distinction pendant l'espace de vingt années, et où il est mort dans l'exercice de ses fonctions.

Mais trois frères sont morts au service : L'aîné qui étoit dans la marine fut tué à la bataille de Rio Janeiro ; le second a été tué par les Charaquis ; le troisième qui était déjà Capitaine a péri dans le vaisseau du Roy le Chameau.

Je fus fait enseigne dans les trouppes de la Colonie en 1720. J'ai servi dans la garnison de Montréal jusqu'en 1726, que je fus nommé Lieutenant et envoyé à Niagara avec d'autres officiers, pour y établir un fort qui servi de barrière aux entreprises des Anglois qui venoient s'établir à Chouaguen.

En 1728 je fis la campagne des Renards sous les ordres de M. de Lignery.

En 1731, on m'envoya à la pointe de Chagamigou pour y maintenir les sauvages dans l'obéissance du Roy, et dissiper une conjuration qui se formoit contre nous, entre-eux et les Anglois ; ceux-cy leur avoient envoyé un collier pour les engager à se joindre à toutes les nations, et à égorger tous les François qui étoient dans les différents postes dont nous étions en possession. Je réussi dans ma négociation ; je me fis remettre par les sauvages le collier qu'ils avoient reçu, et je l'envoyai à M. le Marquis de Beauharnois, alors gouverneur général.

En 1734 je fus nommé Capitaine.

En 1745 on me confia le commandement du poste de Nepigon, place très délicate par sa proximité du fort Rupert qu'occupent les Anglois dans la Baye d'Hudson, et par la difficulté qu'il y avoit à contenir les sauvages.

En 1746, je fus envoyé à l'Accadie, à la tête de 1800 hommes Canadiens et sauvages, pour y attendre l'escadre françoise commandée par M. le Duc d'Anville. On peut consulter l'état de mes services, certifié et signé de M. le Marquis de Vaudreuil, dont copie est à la suite de ce mémoire sous le Numéro (1).

On y verra les preuves du zèle et l'intelligence, que je donnai pendant quatorze mois que je restai à l'Acadie.

J'eus l'honneur, au mois de mars 1747, de rendre compte à M. le comte de Maurepas, alors Ministre de la Marine, de touttes mes opérations dans le cours de cette campagne. Il eut la bonté d'en rendre compte luy-même au Roy qui en fut très satisfait. Aussi, je ne fus pas longtems sans recevoir de nouvelles marques de sa satisfaction.

En 1749, Sa Majesté, qui m'avoit décoré l'année précédente de la Croix de St. Louis, me nomma Major de Québec. Pendant neuf ans que j'ai occupé cette place, qui n'ouvre pas à la vérité une carrière à des actions bien éclatantes, mais dont les détails sont immences, surtout dans le tems de la guerre, je crois que ma conduite a été exempte de tous reproches, et que ce fut mon exactitude et ma vigilance à remplir tous mes devoirs, qui m'attira la nouvelle marque de confiance que le Roy me donna en 1758, en me nommant lieutenant de Roy de la même ville de Québec. Le Prince n'a pas coutume d'avancer dans le service un officier dont il n'a pas lieu d'être content. Aussi, je me bornerai icy à faire remarquer, que jusqu'en 1758, Sa Majesté a toujours été sans contredit pleinement satisfaitte de mes services, puisque depuis 1720 j'ai éprouvé successivement de nouvelles marques de sa bonté, et que je suis parvenu aux premières places auxquelles on pouvoit aspirer en Canada dans le militaire. Je suprime touttes les autres réflexions que je pourrois faire la dessus à mon avantage. Je passe à l'objet essentiel, à l'exposition fidèle de la conduite irréprochable que j'ay tenue dans la deffense et la reddition de Québec. C'est sans doute sur cette partie de mes services qu'on a travaillé, et trop bien réussi à donner de moy à la cour des idées désavantageuses, et à jetter des soupçons sur la constance de mon zèle.

ARTICLE DEUXIÈME.

—

MÉMOIRE de la conduite que j'ay tenue pendant le siège de Québec, et dans la reddition de cette place.

Pour prouver que la conduite que j'ay tenue, dans des circonstances aussi délicates, est exempte de tous reproches, il me suffira d'exposer simplement comment les choses se sont passées ; aussi, je n'employerai pour ma justification d'autres armes que la vérité ; je ne l'appuyerai que sur des faits constants et connus de tous les habitants du Canada, et sur des pièces que j'ay entre les mains, et dont on trouvera copies à la fin de ce mémoire.

Le mauvais état de la place, le plan général de deffense pour toutte la Colonie qu'avoient dès le printems pris nos généraux, les ordres que je reçus de M. le Marquis de Vaudreuil au moment où il crus devoir abandonner le camp de Beauport le 13 7bre au soir, avec les lettres dont il les accompagna, ou qui les suivirent, la requeste qui me fut présentée le lendemain par les citoyens de Québec ; le résultat du conseil de guerre que je tins en conséquence ; Enfin, la combinaison des circonstances cruelles où je me trouvai dans les derniers jours du siège, et qui ne me laissèrent d'autre parti à prendre que celui de capituler le 17 7bre au soir, après avoir différé plus longtems qu'on ne devait s'y attendre ; plus de vivres, point de munitions de guerre, point de soldats, un découragement général dans les milices porté au dernier excès, nulle espérance d'un prompt secours de l'armée ; la vue d'un assaut prochain auquel mes ordres me défendoient de m'exposer ; voilà

le précis des raisons dont je vois faire un exposé fidel, et auxquelles je crois qu'il serait difficile à mes ennemis de répliquer.

Le mauvais état de la place de Québec n'a jamais été mis en
problème ; tous ceux qui connaissent la colonie sçavent que cette
ville n'étoit point fortifiée, ou du moins que ses fortifications ne
la rendoient point susceptible de deffense. Quelques batteries sur
le fleuve paroissoient en défendre l'entrée de ce coté là ; mais de
simples batteries ne mettent point à l'abri des surprises. D'ailleurs,
il étoit très facile à l'ennemi, par le feu de ses vaisseaux et des
batteries qu'il avoit établi, avec l'avantage du terrain de l'autre
coté du fleuve de démonter les nôtres ; aussi c'est sur ces batteries
que nous avons perdu le plus de monde. Enfin, ces batteries
n'étoient plus tenables sur la fin du siège, étant remplies de dé-
combres des maisons qui avoient été renversées dans le bombardement. Du coté de la campagne, il y avoit un mur qui régnoit
depuis la citadelle jusqu'au dessus du Palais, mais il n'y avoit
sur les remparts de ce mur aucune batterie en état de jouer par
leur construction irrégulière ; il n'y avoit d'ailleurs aucun ouvrage
en dehors. Tout le quartier du Palais, et l'espace qui est entre la
citadelle et le chateau offroit une entrée libre à l'ennemy. Lorsqu'on eut avis au printems 1759, de la prochaine arrivée de
l'armée Angloise, on travailla précipitamment à former dans ces
deux endroits, une simple pallissade, mal flanquée, dont la majeure partie fut détruite dans le cours de l'été par les incendies,
et ne put être réparée faute de matériaux ; une place ainssy
ouverte de toutes parts pouvoit-elle soutenir un siège ?

Aussi, aucun de nos officiers généraux ne crut devoir y rester ;
On a eu soin même de retirer de la place toutes les munitions de
guerre et de bouche ; on nous en envoyait de Beauport pour la
consommation journallière ; on ne me laissa pour garnison que le
rebut de milices, huit à dix officiers, quelques canoniers bombar-
diers, mais les moins bons ; point d'ingénieur, cecy paraîtra fort
singulier. Il ne resta aucun ingénieur dans la place : j'en deman-
dai après la déroute du 13 7bre, on ne m'en envoya point. Cela
seul, ne devroit-il pas me mettre à l'abry de tous reproche ? Peut-
on sans ingénieur soutenir un siège ? Si on m'a refusé un secours
aussi essentiel, c'est qu'on était convaincu que la place était hors
d'état de tenir ; qu'il n'y avoit aucunes ressources. Cela d'ailleurs

entroit dans le plan général de deffense pour la Colonie qu'avoient, dès le printems, pris nos généraux, et qu'ils n'avoient pris qu'en conséquence du mauvais état de la place. Car, Québec étant la clef du Canada, c'étoit à sa deffenses qu'il falloit s'attacher si elle en eut été susceptible.

Or, voicy quel étoit le plan. Je ne crois pas que sur ce point nos généraux puissent me contredire ; ce plan n'a été malheureusement que trop exécuté de point en point. On établissoit à Beauport, à environ une lieue de Québec, le camp général. C'étoit là, que l'on réunissoit tout ce qu'il y avoit de plus précieux dans la Colonie en officiers, en ingénieurs, en artilleurs, en trouppes, en milice, en munitions de toutte espèce ; aussi, étoit-ce à fortifier ce camp qu'on s'étoit attaché, au cas d'une deffaitte à cet endroit, où l'on prétendoit que l'ennemi feroit sa descente. On s'étoit ménagé une retraite au Cap Rouge, à trois lieues de Québec, et delà à la Rivière Jacques-Quartier, à 11 ou 12 lieues. On abandonnoit la ville à elle-même, ou plutôt, on l'abandonnoit à l'ennemy ; car la capitulation que devoit faire en ce cas le commandant de la ville étoit dès lors dressée ; j'en eus communication, et M. de Montcalm luy même, me fit prendre la précaution d'en tirer une copie que j'ay encore ; elle est conforme à celle qui me fut envoyé le 13 7bre au soir, par M. le Marquis de Vaudreuil. On ne doutait point alors, que l'armée s'étant retirée, la ville devenoit nécessairement la proye de l'ennemy ; aussi envoya-t-on des ordres en conséquence le 13 7bre au soir. On trouvera à la fin de ce mémoire ces ordres, sous le numéro (2).

Les Anglois, après avoir demeuré devant Québec près de trois mois, sans autres succès que celuy d'avoir mis la ville en poudre, par le bombardement le plus vif et le mieux soutenu pendant plus de soixante jours, se déterminèrent à une dernière tentative. Ils abandonnèrent leur camp général qu'ils avoient établi sur la côte de Beaupré, auprès de nôtre armée, dont ils n'étoient séparés que par le Sault Montmorency ; ils firent pendant quelques jours plusieurs marches simulées. Enfin, au moment qu'on paraissoit toujours les attendre à Beauport qui est au dessous de Québec, ils firent dans la nuit du 12 au 13 7bre leur descente générale audessus de cette ville. Ils la firent assez tranquillement n'ayant point trouvé de fortes oppositions sur leurs passages ; à cinq heures du matin ils étoient maîtres de la campagne, et sur les six heures, ils étoient en bataille sous les murs de Québec.

Nos généraux qui étoient à Beauport, c'est-à-dire, à plus d'une lieue de là, ne purent pas être avertis assez tôt pour arrêter l'ennemy dans sa marche. M. de Montcalm fit avancer, aussitôt qu'il en eut avis, ses trouppes vers Québec et vint se placer à leur tête, sur les huit heures, entre les murs de la ville et l'armée angloise ; la bataille fut livrée entre neuf et dix heures du matin ; dès la première décharge notre armée fut mise en déroute, et M. de Montcalm qui reçut plusieurs blessures fut apporté à Québec, où il mourut la nuit suivante. Les débris de notre armée retournèrent en désordre à Beauport ; ce fut là, je crois pouvoir le dire, que se décida le sort de Québec dans le conseil de guerre que tint M. le Marquis de Vaudreuil sur le parti qu'il y avoit à prendre. Dans une circonstance aussi fâcheuse, j'avois osé me flatter que le résultât du conseil de guerre seroit de travailler dès la nuit même, ou au moins le lendemain, à faire abandonner à l'ennemi le poste avantageux qu'il occupoit : c'étoit là le moment favorable ; ses retranchemens n'étoient point encore faits, son artillerie n'étoit point encore rendue. Le résultat fut tout opposé à mon attente. Ai-je pu depuis me flatter que notre armée, qui n'avoit pas osé attaquer l'ennemi avant qu'il se fut retranché, se determinat réellement à le faire cinq à six jours après, lorsque son camp fut entouré d'un fort retranchement, et qu'il y eut fait transporter une artillerie formidable. Dira-t-on que le 13e toutes nos trouppes n'étoient pas rassemblées ; que M. de Bougainville étoit à trois lieues de là, avec deux mille hommes d'élite ? mais, étoit-il donc si difficile de le faire revenir ? il eut certainement pu être rendu à Beauport dans l'après-diné ; mais cela n'entrait point dans le premier plan.

Le résultat du conseil de guerre que tînt M. le Marquis de Vaudreuil fut donc, que l'armée abandonneroit dès la nuit même le camp de Beauport. Je ne sçais si on y décida qu'on laisseroit les tentes toutes dressées pour en imposer à l'ennemy ; mais, ce qu'il y a de certain, c'est que le 14 au matin nous vîmes toutes les tentes dans la même position ; ce qui fit croire dans la ville que notre armée étoit toujours à Beauport. Je sçavais malheureusement le contraire : les lettres que je reçus du Marquis de Vaudreuil le 13 au soir, avec ses ordres, m'avoient instruit du départ précipité de notre armée, et que je n'avois plus de secours à en attendre.

Après avoir écrit dans l'après-diné du 13e plusieurs lettres à M. le Marquis de Vaudreuil où je lui rappellois le malheureux état de la place et lui demandois des secours en hommes, et vivres et en munitions de guerre, trois articles qui me manquoient absolument ; où je le priois enfin de me faire passer ses dernier ordres je les reçus, accompagné d'une lettre écritte à six heures du soir, et que l'on trouverra sous le No. (3). J'en reçus une autre, écritte encore plus tard, qui sera sous le No. (4) ; celle-cy n'est qu'une répétition de la première, à cela près, qu'il me recommande de ne plus luy écrire dès le soir même, et m'annonce qu'il part dans le moment.

Quel coup pour moi de me voir abandonner si vite par notre armée qui, seule pouvoit déffendre la ville ; de ne voir entrer dans la place aucun secours en trouppes, ny en munitions de guerre et de bouche ; on y avoit fait entrer, le matin, un piquet de 120 hommes de trouppes de terre ; Voila précisément à quoi se reduisoit ma garnison ; car, je ne pouvois faire (comme je ne l'ai que trop éprouvé depuis) aucun fonds sur les mauvaises milices de Québec, tous artisans qui n'avoient jamais sortis ; la pluspart, gens mariés et sur l'âge, extenués d'ailleurs par le jeûne rigoureux qu'on leur faisoit observer depuis longtems. On voudra peut-être compter pour quelque chose, une centaine de matelots, qu'on avoit mis sur les batteries. Mais on doit sçavoir qu'ils avoient été la pluspart plus occupés pendant le siège, à piller les voutes des particuliers qu'à faire leur service. Gens sans dicipline, et qu'on n'avoit pu y former, y ayant aussi peu d'officiers dans la ville. Pour les munitions de bouche, et de guerre, il est facile de calculer ce qui pouvoit m'en rester, n'en tirant que du camp depuis très longtems, et que pour la consommation journalière ; pas un ingenieur pour aller au moins reconnaître les ouvrages de l'ennemy ; tandis, qu'à l'armée, on en avoit sept à huit. Quelle plus triste position pour le commandant d'une place. Je tâchai cependant, de prendre sur moi pour ne point allarmer les citoyens de la ville ; je les laissai même dans l'idée où ils étoient d'abord que l'armée étoit toujours à Beauport, jusques à ce qu'ils se fussent convaincus

n

par eux-mêmes qu'elle s'étoit repliée ; ce qu'ils ne purent se persuader qu'avec peine ; mais, lorsqu'ils ne virent dans le camp aucun
mouvement pendant toutte la journée du 14, l'ordre que donna
Mr. de Vaudreuil à M. Barrot, Capitaine au Régiment de Bearn,
de se retirer de la ville avec tout ce qu'il y avoit de meilleurs
soldats de la garnison, je vis qu'il n'y avoit plus moyen de le dissimuler. Alors, la désolation fut entière, le découragement univer-
sel et porté à l'excès ; les plaintes et les murmures contre l'armée
qui nous abandonnoit devinrent un cri public ; je ne pus dans un
moment aussi critique empêcher les Négocians, tous officiers des
milices de la ville, de s'assembler chez Mr. Daine, Lieutenant
général de police et Maire de ville ; là, ils prirent le parti de
capituler et me présentèrent en conséquence une requeste, signée
du dit Sr. Daine, et de tous les principaux citoyens.   On verra
dans cette requeste, mise sous le No. (5), quelles étoient les dispositions des officiers de milices, et par conséquent de tous ceux
qu'ils commandoient.

A la vë de cette Requeste qui me faisoit voir évidemment que
je ne pouvois plus compter sur mes milices, et que ma garnison se
reduisoit à cent vingt hommes de trouppes, pour deffendre une
ville d'une étendue si considérable que six à sept mille hommes
eussent à peine pu y suffire, une ville d'ailleurs ouverte de touttes
parts, je pris le 15 le parti de tenir mon conseil de guerre, dont
on trouvera le résultat sous le No. (6).

Je montrai les ordres que j'avois reçu de M. le Marquis de
Vaudreuil ; on y vit ce qu'il m'y prescrivoit, c'est-à-dire : de ne
point attendre l'assaut, mais de demander à capituler sitôt que je
manquerois de vivres, suivant le modèle de la capitulation que je
devois faire et que j'ai fait plus honorablement qu'il ne l'exigeoit.

Vû ces ordres et le deffaut actuel de vivres qui fut constaté par
les états que me donnèrent les commis du munitionnaire, et le
rapport que me firent les personnes que j'avois chargé de faire des
recherches chez les particuliers, il furent décidé dans le conseil de
guerre, qu'il n'y avoit plus d'autre parti à prendre que celui
d'obtenir, au plutôt, une capitulation honorable, ce qui deviendroit
très difficile en attendant plus longtems.

Malgré cela, je crus devoir prendre sur moi de tenir encore ;
quoique j'eusse pû et peut-être dû arborer dans le moment le

drapeau blanc, et envoyer, suivant mes ordres, un officier de ma garnison pour s'aboucher avec le commandant Anglois. C'est même la seule chose que je puisse avoir à me reprocher, car alors, on n'eut trouvé aucun moyen de me desservir en cour.

Ce fut surtout une lettre que je reçus de M. le Marquis de Vaudreuil, où il m'annonçoit qu'il allait me faire passer des vivres qui ranima mes espérances ; mais ces vivres, qu'on se proposoit de me faire parvenir par le fleuve, ne vinrent point. Cela ne m'empêcha pas d'attendre encore jusqu'au 17 au soir ; dans cet intervalle j'avois envoyé au camp de Beauport abandonné, pour voir si on n'y trouveroit pas quelques vivres dans les magasins. L'armée y en avait effectivement laissé, mais ils avoient été aussitôt pillés, on trouva les quarts de farine enfoncés, et tout dans le plus grand désordre : J'envoyai Mr. de St. Laurent, Ayde-Major, pour faire abattre les tentes de notre armée et enlever cette gloire à l'ennemy, (ce Monsieur est à Paris.) J'avois aussi pris la précaution d'envoyer M. de Joannés, Ayde-Major au régiment de Languedoc, et M. Magnan, Ayde-Major de Milice à l'armée françoise, pour sçavoir au juste qu'elle étoit sa situation présente, et si je pouvois me flatter qu'elle revint à la charge. Ils me rapportèrent qu'il régnoit dans toute cette armée si peu de discipline, et au contraire un si grand désordre qu'il n'y avoit point du tout à se flatter de la voir venir chasser l'ennemi de son poste du coté de la ville. Le découragement croissoit de moment à autre ; toutes les nuits et même en plein jour il désertoit beaucoup de monde, dont une partie alloit rejoindre l'armée françoise, une autre gagnoit les campagnes ; quelques uns passoient au camp de l'ennemi qui pouvait par là estre instruit de ma situation. Un sergent, entre-autres, qui gardoit une des parties foibles de la ville déserta, et porta au commandant Anglois les clefs d'une porte. Il ne m'étoit plus possible de faire garder surement aucun poste. Les batteries étoient abandonnées, les endroits foibles n'étoient plus gardés. Je n'avois point assez d'officiers de trouppes pour faire exécuter mes ordres, je ne pouvois plus compter sur les officiers de Milice depuis la requeste qu'ils m'avaient présenté. Je ne l'éprouvai que trop le 17, sur les six heures du soir ; il y eut une alerte ; on vint m'annoncer qu'un détachement Anglois venait dans de berges pour mettre pied à terre à la Basse-Ville ; nous vîmes en même

tems tous les vaisseaux de guerre qui metoient à la voile pour s'en
approcher, et un gros d'Anglois, qui s'avançoit en colonne du coté
du Palais qui lui offroit une entrée libre. Je fis battre la générale ;
je donnai mes ordres pour que chacun se rendit à son poste ;
j'étois sur la place avec quelques officiers ; un Ayde-Major que
j'avois envoyé pour faire exécuter les ordres que je venois de
donner, vint me dire qu'aucun des miliciens ne vouloit combattre.
Au même instant, les officiers des Milices vinrent me trouver et
me déclarèrent qu'ils n'étoient point d'humeur à soutenir un
assaut ; qu'ils sçavoient même que j'avois des ordres contraires, et
qu'ils alloient reporter leurs armes au magasin, afin que l'ennemy
qui alloit entrer les trouvant sans armes, ne les passa pas au fil de
l'épée ; que dans ce moment-cy ils ne se regardoient plus comme
soldats, mais comme bourgeois ; que si l'armée ne les avoit pas
abandonnés, ils auroient continué à donner les témoignages du
zèle qu'ils s'étoient fait un devoir de montrer pendant tout le
siège ; mais que, ne voyant plus aucunes ressources, ils ne se
croient point obligés à se faire massacrer envain, puisque le
sacrifice qu'ils feroient de leur vie ne retarderoit pas d'une heure
la prise de la ville. L'ennemy s'avançoit toujours. Je me trouvai dans une cruel embaras : Je pris le sentiment de quelques
officiers qui étoient auprès de moy, et en particulier de Mr. le
Chr. de Bernetz qu'on m'avoit donné pour Lieutenant, et de leur
avis j'arborai le drapeau, suivant mes ordres, et j'envoyai au camp
ennemi M. de Joannés, Ayde-Major, avec la capitulation que
m'avait adressé le Marquis de Vaudreuil.

Avois je d'autre parti à prendre dans un moment aussi critique ? pouvois-je raisonnablement obliger ces citoyens à soutenir
un assaut ? leurs plaintes contre l'armée n'étoient-elles pas justes
et leurs raisons solides ? Etoit-il d'ailleurs en mon pouvoir de
forcer ces gens là à combattre ? dans de pareilles circonstances, la
subordination ne règne plus, même dans des trouppes réglées.
Que pouvois-je faire seul vis-à-vis d'une milice uniquement composée de citoyens et de bourgeois qui, comme on sçait, ne servoit
que par zèle et volontairement ? Enfin ne m'étoit il pas expressé-
ment deffendu de les exposer à un assaut ; je fis donc, dans ce
moment, ce que je devois faire.

M. de Joannés qui partit aussitôt pour se rendre au camp ennemy, revint sur les dix heures du soir avec un ôtage Anglois, comme il est d'usage en pareilles circonstances. Le général Anglois avoit accepté les articles, avec quelques modifications, auxquelles je ne pouvois pas raisonnablement refuser de souscrire, étant beaucoup mois désavantageuses que je ne pouvois l'espérer, et que celles auxquelles M. de Vaudreuil me marquoit dans son Instruction que je devois me soumettre. L'ennemi, ne me donnoit que jusqu'à onze heures pour me déterminer, menaçoit de donner l'assaut et de ne plus écouter aucune position, si je ne signois les articles dans le tems prescrit. Voilà ce qui me fit prendre le parti de signer la capitulation, et de faire repartir M. de Joannés qui ne revint que le dix-huit au matin. Ce fut après ce second départ que j'eus quelque avis, non pas par écrit, car je ne reçus aucune lettre de qui que ce soit, je crois devoir le faire observer ; ce fut, dis-je depuis ce second départ de M. de Joannés que j'eus quelques avis qu'on alloit faire entrer un secours de vivres dans la ville, et que l'armée se disposoit à revenir ; mais après avoir vû jusques alors toutes mes espérances frustrées, pouvois-je faire encore quelques fonds sur des avis aussi vagues ? non, je crois pouvoir l'assurer, je n'en avois aucuns à faire. L'armée étoit à dix et douze lieues de Québec. Cette armée n'étoit point encore trop bien revenüe de ses alarmes. Elle n'avoit pas osé faire face à l'ennemy avant qu'il se fut retranché ! devois-je espérer qu'elle viendroit l'attaquer dans un camp fortifié, et où il y avoit déjà une artillerie formidable ? il étoit aussi facile à notre armée de forcer l'ennemy dans la ville lorsqu'il en fut maître, qu'il l'eut été de le forcer dans son camp même. Nos généraux n'ont pas fait cette seconde tentative ; ils n'eussent pas fait la première. Aussi, j'ay sçu qu'on n'avoit pas été fâché d'apprendre à l'armée, que j'avois capitulé ; pouvois-je faire plus de fonds sur les secours de vivres qu'on m'annonçoit ? L'ennemy étoit maître de tous les environs de la place ; on ne pouvoit donc y faire entrer que de petits convois et à l'échapée. Aussi quel fut ce secours de vivres que l'on me promettoit, et que peut être on a fait tant sonner en cour ? dix-huit à vingt sacs de biscuit, tous moüillés, que des cavaliers portoient avec eux sur leurs chevaux, et qui n'entrèrent dans la ville qu'après l'affaire de la capitulation consommée ?

Cela étoit-il suffisant pour toutes les bouches qui étoient dans la place, hommes, femmes et enfans ? un aussi foible secours, étoit-il capable de ranimer les courages abattus et de faire reprendre les armes aux citoyens.

Enfin, je suppose que j'eusse encore pû me flatter de voir entrer dans la ville des secours de vivres suffisants, et de voir notre armée revenir effectivement à la charge ; ces avis m'étoient parvenus un peu trop tard.   M. de Joannés étoit desjà reparti avec les articles acceptées et signées de moy ; un second officier que j'aurois envoyé pour contremander M. de Joannés auroit trouvé l'affaire consommée ; la capitulation fut signée dans le moment par le général Anglois, et dans des termes beaucoup plus honorables que ne l'exigeoit M. de Vaudreuil, comme on le verra en comparant les ordres qu'il m'envoya le 13e au soir, sous le No. (2) avec la capitulation que j'obtins, et que l'on trouverra sous le No. (7).

Et quel est l'homme d'honneur et jaloux de sa parole qui osera me soutenir que je pouvois alors rétracter la mienne, et revenir sur ma signature, supposé même que j'en eusse encore eu le tems ? quel prétexte pouvois-je trouver pour le faire décemment ? la capitulation étoit des plus honorables, beaucoup plus que ne l'exigeoit mon supérieur—qu'on la compare avec celle qui a été faite en 1760 à Montréal pour toute la Colonie, et qu'on en pese les différences ; que l'on compare aussi, si l'on veut, ma deffense avec celle de Montréal, je ne crains pas de paralelle ; qu'on la compare encore avec celle des autres Colonies. Je crois pouvoir me flatter que je ne suis pas le commandant qui se soit tiré de son malheur avec le moins de gloire.

Aussi, lorsque les ennemis furent entrés le lendemain dans la ville, ils ne purent dissimuler la surprise où ils étoient que j'eusse tenu jusqu'au 17 au soir dans une place aussi démantelée, avec une aussi modique garnison, et dans un dénuement aussi général de toute espèce de munitions ; ils ne purent dissimuler le regret qu'ils avoient de m'avoir accordé une capitulation aussi honorable, et de n'avoir pas plutôt tenté l'assaut qu'ils étoient enfin déterminés à donner ; dès ce jour là même, il furent obligés de nous donner des vivres, comme on le verra par le certificat de Mr. Perthuis sous le No. (8). Nous étions réduits à la dernière extré-

mité; l'on pourra se le confirmer encore par une lettre que m'écrivit
le 21 7bre, Mr. Bernier, commissaire des guerres, et que l'on
trouverra sous le No. (9).

D'après ce détail exact et fidèle des circonstances fâcheuses où
je me suis trouvé, et qui ne m'ont laissé d'autre parti à prendre
que celui d'obtenir une capitulation honorable, qu'on ne m'auroit
pas accordé, si j'avois encore seulement différé d'une demie heure,
je crois qu'on se persuadera enfin que toute ma conduite est sans
reproche, et que si on ne m'a pas accordé une retraite aussi considérable que celle à laquelle je devois m'attendre, ce n'est que
parceque mes ennemis m'ont desservi en cour. Je n'ignore pas
qu'ils ont dit, qu'on n'auroit rien à me reprocher si j'avois capitulé
aussitôt que j'appris la retraite de notre armée, mais qu'ayant
attendu jusqu'au 17 au soir, je pouvois encore attendre ! Quoi
donc on veut me faire un crime de mon zèle ? ne doit-on pas
conclure au contraire que si, pouvant capituler dès le 13 7bre au
soir, j'ay attendu jusqu'au 17, j'aurois attendu davantage si je
l'avois pû, et qu'il n'y a que la combinaison des circonstances
malheureuses, où je me trouvai à cet instant, qui m'y déterminèrent de l'avis des officiers qu'on m'avoit donnés : toutes les
apparences d'un assaut prochain, dans une ville ouverte de toutes
part ; les dispositions des milices qui ne vouloient plus combattre ;
le défaut total de vivres, le petit nombre d'officiers que j'avois sous
mes ordres, cent vingt hommes de trouppes seulement dans une
ville où six à sept mill hommes n'auroient pas suffi pour garder
tous les postes ; pas un ingénieur, la désertion qui augmentoit à
tout instants ; la crainte trop bien fondée où j'étois que l'ennemy
ne connut enfin, par les déserteurs, ma vraye situation ; les raisons
trop fortes que j'avois pour ne plus espérer ny des secours de
vivres, ny le retour de l'armée ; enfin, la deffense qu'on m'avoit
faite de m'exposer à un assaut : En voila trop pour justifier le
parti que je pris, sur les sept heures du soir, d'envoyer un officier
pour entrer en proposition avec l'ennemi, et celui que je pris
sur les onze heures de signer les articles tels que les proposoit
le commandant Anglais. Je n'ai jamais sçu ce que c'étoit que de
manquer à ma parole où de tergiverser ; aussi, lorsque j'eus une
fois donné ma signature, je crus que ce n'étoit plus là le moment
de reculer. D'ailleurs, la chose n'étoit plus possible ; M. de

Joannés étoit de retour au camp ennemi, et la négociation étoit
desja consommée ; quant elle ne l'auroit pas encore été, et que
j'eusse encore été à tems de reculer ; quand même j'aurois pû le
faire honnêtement et sans manquer au droit des gens, le pouvois-
je faire prudemment ayant d'aussi foibles rayons d'espérances,
sur des secours de vivres, et sur le retour de l'armée françoise ?
n'aurois-js pas été en faute, si, dans la nuit même, l'ennemy fut
entré dans la ville, ou si, en attendant encore, je me fus mis dans
le cas d'obtenir une capitulation moins honorable, n'aurois-je pas
été précisément contre mes ordres ? c'est alors qu'on auroit eu
des reproches à me faire.

(NUMÉRO 1.)

Copie du Mémoire des services du Sr de Ramezay, signé par M. le M^{quis} de Vaudreuil,—cotté dans le mémoire cy-devant sous le No. 1.

ÉTAT DES SERVICES DE RAMEZAY, CY-DEVANT LIEUTE-NANT POUR LE ROY À QUÉBEC.

Permettez à de Ramezay de remettre sous les yeux de Votre
Grandeur, que son père s'est distingué dix ans dans le gouvernement des Trois-Rivières, et vingt ans dans celuy de Montréal.

Que ses trois frères sont morts au service, l'aîné dans la marine,
tué à la bataille de Rio Janeiro ; le deuxième, Lieutenant auss i
tue par les Charaquis, dans l'invitation des nations sauvages et à
la destruction des Renards ; et le troisième, a péri Capitaine
dans le vaisseau du Roy le Chameau.

Que luy, fait Enseigne en 1720, à servi dans la garnison de
Montréal jusqu'en 1726, où il fut fait Lieutenant ; il fut du
nombre des officiers envoyés à Niagara pour prendre ce poste, et

établir une maison d'opposition aux Anglois qui venoient en nombre à Chouaguen faire la traitte avec les sauvages.

Qu'en 1728, il fit la campagne des Renards sous les ordres de M. de Lignerie.

Qu'en 1731, il fut envoyé à la pointe de Chagouamigon pour y maintenir, sous l'obéissance du Roy, les sauvages conjurés ; il leur retira, et remis à M. le Marquis de Beauharnois son général, un collier que les Anglois leur avoient donné pour qu'ils se joignissent à toutes les autres nations, et égorgeassent tous les françois des postes des pays dont nous étions en possession.

Qu'en 1742, il fut envoyé au poste Nipigon, voisin du fort Rupert, à la Baye d'Hudson, possédé par les Anglois, pour y commander et contenir les sauvages.

Qu'en 1747, il fut envoyé à l'Accadie, pour y commander un détachement de 1800 Canadiens et sauvages pour y attendre M. le Duc d'Anville. Il apprit par le travers de Gaspé, que les Anglois s'étoient emparés du Fort la Joye, en l'Isle St. Jean, où ils les guettoient au passage avec une fregatte de 36 à 40 pièces de canon, et deux autres vaisseaux de moindre force. Il entra dans la Baye de Gaspé, envoya une chaloupe bien armée à la Baye Verte chercher des pilottes Accadiens qui gabottoient, par une route inconnue aux nôtres, fit sonder et examiner ce nouveau passage, (par là devenu utile pour aller à la Baye Verte) pour assurer ses six ou sept batimens, dont le plus fort étoit de 300 tonneaux ; ordonna le départ, se rendit le lendemain à la Baye Verte, lieu de sa destination, fit un détachement de Canadiens et sauvages des plus ingambes, qu'il envoya avec quelques officiers et cadets, et M. de Montesson à la tête, contre les Anglois embusqués, dont la garde qui étoit à terre fut prise et le reste tué.

De là, se rendit aux mines pour être à portée de deux vaisseaux du Roy, arrivés au port de Chibouctou, et commandés par M. Duvigneau qui, n'ayant aucune nouvelle de l'escadre, le chargea de plus de soixante prisonniers, et revint en France. De Ramezay donna avis de cette relâche à M. de Beauharnois, son général, dont il reçut ordre, au cas de deffaut de nouvelles de l'escadre de M. le Duc d'Anville, de s'en retourner à la fin d'Aoust, à Québec, avec la majeure partie de son monde, et de ne laisser, pour maintenir dans ce pays qu'un foible détachement, dont à son départ il

c

laissa le commandement à M. de Coulon de Villiers ; mais à quelques lieues, un esquif envoyé exprès, lui ayant appris l'arrivée de l'escadre de Chibouctou, il retourna aux mines, et donna avis à M. de Joncquière commandant alors l'escadre, et luy demanda ses ordres qui furent d'aller bloquer le Port Royal pour faciliter le débarquement ; il s'y rendit, sans être apperçu de l'ennemy, s'assura de tous les postes convenables, et avec trois ou quatre cents hommes, dont partie des sauvages, il les conserva, se rendit impénétrable et soutint les efforts de seize à dix sept cents hommes qui étoient tant dans la place, que dans divers batimens, et cela pendant vingt deux jours ; tems où M. de la Joncquière ayant relâché luy ordonna de se retirer au lieu le plus sur de l'Accadie, pourquoi il choisit Beaubassin.

Au commencement de Janvier 1748, ayant appris que trois à quatre cents Anglois s'étant emparés des mines, comptoient à l'avenir nous chasser de Beaubassin, il voulu les prévenir ; mais indisposé d'une chûte et ne pouvant y aller en personne, il forma un détachement de ses officiers, et de 350 Canadiens et sauvages dont il donna le commandement à M. Coulon, avec la marche, l'ordre de la bataille et la façon dont il fallait les attaquer. M. de Coulon ainsi instruit, partit, se rendit en trois ou quatre jours près des ennemis sans en être apperçu, fit la distribution de son monde pour attaquer tous ensemble, suivant le plan à luy donné ; aussi, les ennemis furent battus partout; dix maisons qui étoient autant de corps de gardes furent prises ; ensuite les ennemis ralliés, demandèrent à capituler ; ce qui leur fut accordé, parcequ'ils étoient encore plus nombreux que nous ; ils passèrent devant notre détachement, se rendirent au Port Royal, et par ce moyen nous laissèrent paisibles possesseur de ce pays.

De Ramezay, par un petit batiment qu'il fit partir au mois de Mars, et qui se rendit heureusement en France a eu l'honneur d'en rendre compte à M. le Comte de Maurepas, alors Ministre de la Marine, qui en rendit compte au Roy qui en fut très satisfait.

En exécution des ordres de M. de Beauharnois et forcé par le deffaut de toutte subsistance, il retourna à Québec au commencement de Juin, laissant Monsieur ds Repentigny avec un foible détachement, pour donner des nouvelles de l'Europe au cas qu'il en vint.

Par ces soins et vigilance à prévenier l'ennemy en tout et partout, il ne lui a laissé aucune prise sur luy pendant quatorze mois de séjour qu'il a fait dans ce pays.

En 1749, fait Major de Québec; son exactitude a remplir tous ses devoirs est exempte du moindre reproche.

En 1758 fait Lieutenant du Roy à Québec; il y a soutenu, en 1759, un siège de 66 jours, une ville écrasée par les bombes et canons de l'ennemy jusqu'à la capitulation, forcé par le deffaut de subsistance et d'hommes; le peu qui lui restoit étant entièrement découragés et de mauvaise volontés, épouvantés par les menaces de l'assaut, joint à ce que la place étoit ouverte de toutes parts et susseptible d'insulte au premier coup de main, ce qui, avec les raisons dont il a rendu compte à la cour, donnant occasion à un conseil de guerre pour délibérer sur un parti convenable aux circonstances, dont le résultât fut d'avoir la meilleure capitulation possible.

D'après ce compte exacte et fidèle, de Ramezay, non compris dans la capitulation de la reddition du Canada, libre et en état de continuer ses services en France avant la fixation, a mérité des appointements des officiers forcés à ne plus servir pendant la guerre; espère que la cour luy accordera la continuation de ses premiers appointemens, ou, au moins, n'en fera pas la réduction antérieure à celle des autres officiers; se flattant de ne pas mériter un plus mauvais traitement qu'eux. Signé : de Ramezay, et audessous est écrit; Nous grand-croix de l'ordre Royal et Militaire de St. Louis, Certiffions que le Sr. de Ramezay ci-devant Lieutenant de Roy de Québec, est dans son mémoire conforme à la vérité; qu'il a donné en tout tems et lieux des preuves évidentes de sa valeur, sagacité, prudence, soins, exactitude, vigilance et capacité. En foy de quoy nous luy avons donné le présent, pour lui servir et valoir ce que de raison. A Paris, ce sixième jour de May mil sept cent soixante un.

(Signé,)   DE VAUDREUIL.

Pour copie collationnée, conforme à l'original.

(Signé,)   DE RAMEZAY.

(NUMÉRO 2.)

—

COPIE du Mémoire de M. le Marquis de Vaudreuil, pour servir d'instruction à M. de Ramezay, commandant à Québec, écrite au quartier général le 13 7bre 1759.

La position que l'ennemy occupe audessus de Québec, malgré les puissants efforts que nous venons de faire pour l'en déposter, devenant de moment en moment encore plus inaccessible par les retranchemens qu'il a fait, ce qui joint à l'échec que nous avons eu, et au deffaut de subsistances dont nous manquerons totalement, nous met dans l'absolue nécessité de faire notre retraitte, n'ayant pas d'autre parti à prendre pour nous maintenir dans la Colonie.

Nous prévenons M. de Ramezay qu'il ne doit pas attendre que l'ennemi l'emporte d'assaut ; ainsi, sitôt qu'il manquera de vivres, il arborera le drapeau blanc, et enverra l'officier de sa garnison le plus capable et le plus intelligent, pour proposer la capitulations conformément aux articles cy-après que nous appuyons de no-observations en marge.

———

ART. 1ER.

Demander les honneurs de la guerre pour sa garnison, et qu'elle soit ramenée à l'armée en sureté par le chemin le plus court.

Nota. Ce n'est pas le cas d'insister ; il faut consentir a être prisonniers de guerre pour être transportés, officiers, soldats et matelots en France, à la charge de n'y pas servir jusqu'à ce qu'ils soient échangés.

ART. 2.

Que les habitants soient conservés dans la possession de leurs maisons, biens, effets et privilèges.

ART. 3.

Que les dits habitants ne pourront être recherchés pour avoir porté les armes à la deffense de la ville, attendu qu'il y ont été forcés, et que les habitants des colonies des deux couronnes y servent également comme milices.

Si l'ennemi fait quelques difficulté, consentir qu'il ajoute au premier article, jusqu'à ce que la possession du Canada soit déterminée par un traité de paix, et lui faire entendre, que c'est l'intérêt de sa M. B. dans le cas où elle voudrait le garder. Si le général demande le désarmement des habitants et qu'ils prometteront de ne plus servir contre S. M. B. y consentir.

ART. 4.

Qu'il ne sera pas touché aux effets des officiers et habitants absents.

Doit être accordé.

ART. 5.

Que les dits habitants ne seront point transféré, ny tenus de quitter leurs maisons jusqu'à ce qu'un traité définitif entre S. M. T. C. et S. M. B. ayant réglé leur état.

Doit être accordé.

ART. 6.

Que l'exercice de la Religion Catholique, Apostolique et Romaine sera conservé, et que l'on donnera des sauvegardes aux maisons des Ecclésiastiques, Religieux et Religieuses, particulièrement à M. L'Evesque de Québec, qui, remplit de zèle pour la religion et de charité pour le peuple de son diocèse, désire y rester constamment, exercer li-

Prouver que, c'est l'interest de S. M. B. dans le cas où le Canada luy resteroit, et qu'en Europe touttes les conquettes que font les divers souverains, ils ne changent point l'exercice de religion qu'autant que ces conquettes leur restent.

brement et avec la décence que
son état et les sacrés mistères de
la Religion Catholique Apostolique et Romaine exigent, son
autorité épiscopale dans la ville
de Québec, lorsqu'il le jugera à
propos, jusqu'à ce que la possession du Canada ait été décidée
par un traité entre S. M. T. C.
et S. M. B.

ART. 7.

Que l'artillerie et les munitions de guerre seront remises de
bonne foy, et qu'il en sera fait
et dressé un inventaire.

Si l'ennemy refuse l'inventaire, article à ne pas disputer.

ART. 8.

Qu'il en sera usé pour les
malades, blessés, commissaires,
aumoniers, médecins, chirurgiens, apoticaires et autres personnes employées au service des
hôpitaux, conformément au
traitté d'échange du 6 Février
1759, convenu entre leurs M.
T. C. et B.

Article nécessaire, et insister
quand même la garnison se
rendroit prisonnière de guerre.

ART. 9.

Qu'avant de livrer la porte et
l'entrée de la ville aux trouppes
Angloises, leur général voudra
bien remettre quelques soldats
pour être mis en sauvegardes
aux Eglises, Couvents et principales habitations.

ART. 10.

Qu'il sera permis au Lieutenant de Roy commandant dans

la ville de Québec, d'envoyer
informer le Mquis. de Vaudreuil,
Gouverneur Général, de la reddition de la place, comme aussi,
que ce Général pourra écrire au
Ministre de France pour l'en
informer.

ART. 11.

Que la présente Capitulation
sera exécutée suivant sa forme
et teneur, sans qu'elle puisse
être sujette à inexécution sous
prétexte de représailles, ou d'une
inexécution de quelque capitulation précédente.

Le général Anglois traittera
peut-être cet article d'inutile.
Il faut lui répondre modeste-
ment, qu'il est d'une précaution
convenable pour obvier à toutte
difficulté ; au reste, s'il y en
apporte, ce n'est pas un article
à s'oppiniâtrer.

Fait à notre quartier général, le 13, 7bre 1759.

(Signé,)   DE VAUDREUIL.

Pour copie collationnée, conforme à l'original.

(Signé,)   DE RAMEZAY.

(NUMÉRO 3.)

—

COPIE de la lettre de Mr. le Marquis de Vaudreuil,
écrite au quartier général le 13e 7bre 1759 à 6
heures du soir, à M. de Ramezay.

J'ai reçu Monsieur, les deux lettres que vous m'avez fait l'honneur de m'écrire, par lesquelles je vois vôtre attention à observer
la position de l'ennemy ; elle lui devient d'instant en instant plus
avantageuse, ce qui, joint à d'autres motifs me met dans la néces-

sité de faire ma retraite. Ces motifs sont détaillés dans l'instruction que vous trouverrez, cy-joint, à laquelle je vous prie de vous
conformer, avec tout le zèle que je vous ai toujours connu pour le
service du Roy, lorsque les circonstances l'exigeront. Du reste,
je ne puis que m'en rapporter à vous, et à votre amour pour la
patrie ; je vous donnerai de mes nouvelles demain.

Vous connaissez l'attachement sincère avec lequel j'ay
l'honneur d'être, Monsieur, votre très humble et très obéissant
serviteur.

(Signé,)   VAUDREUIL.

Pour copie collationnée, conforme à l'original.

(Signé,)   DE RAMEZAY

(NUMÉRO 4.)

—

CopiE d'une autre lettre de M. le Marquis de Vaudreuil, écrite le 13 7bre à M. de Ramezay.

J'ay reçu, Monsieur, toutes vos lettres ; vous avez vû par celle
que j'ai eu l'honneur de vous écrire, et l'instruction qui y étoit
jointe, le parti que je suis obligé de prendre, eu égard aux circonstances , ainsi, je ne puis que m'en rapporter à tout ce que je
vous ait marqué. Comme je pars dans le moment, je vous prie
de ne plus m'écrire dès ce soir. Je vous donnerai de mes nouvelles demain. Je vous souhaite le bon soir.

(Signé,)   DE VAUDREUIL.

Pour copie collationnée, conforme à l'original.

(Signé,)   DE RAMEZAY.

(NUMÉRO 5.)

—

Copie de la Requeste des Bourgeois de Québec, présentée au commandant et officiers majors de la ville de Québec.

—

A MESSIEURS LES COMMANDANT ET OFFICIERS MAJORS DE LA VILLE DE QUÉBEC.

Le Lieutenant Général civil et criminel de cette ville et le Maire d'icelle ; Jean Claude Panet, Notaire Royal et Procureur du Roy, commis de la dite ville ; Jean Tachet, négociant et sindic des négociants de la dite ville, et autres bourgeois et citoyens d'icelle et marchands forains soussignés, ont l'honneur de vous représenter Messieurs, qu'il falloit un événement aussi fâcheux et décisif que celui du treize, pour intimider les citoyens de cette ville, et leur donner lieu à penser à leur conservation et à celle de leurs biens jusqu'à ce fatal jour. Un bombardement de soixante trois jours ne les avoit point intimidés ; les veilles, et un service fatiguant ne les avoit point rebutés ; si des vivres médiocres avoient affoiblit leurs forces, le courage et l'épreuve de triompher de l'ennemi le relevoit, enfin, la perte actuelle de leurs biens même ne les touchoit point ; ils étoient insensibles à tout, si ce n'étoit au désir de conserver la ville : Cette flatteuse espérance étoit soutenuë par une armée qui les couvroit, qui leur laissoit le passage libre et qui leur assuroit la communication des vivres ; mais malheureusement pour eux, elle ne subsiste plus, et ils ne voyent qu'avec la peine la plus sensible, que les trois quarts de leur sang répandu n'empêcheroit point l'autre quart de tomber sous le joug de l'ennemy pour devenir les victimes de leur fureur.

Quel spectacle pour cette petite portion de voir leurs femmes et leurs enfans immolés à leur rage ! ces habitants infortunés n'ont d'autre ressource que de rendre leur joug le moins dur qu'il leur sera possible : ce qu'ils vont avoir l'honneur, Messieurs, de vous prouver par des raisons aussi simples que solides.

———

PREMIÈRE RAISON.

—

Vous n'ignorez point Messieurs, que nous n'avons de vivres dans cette ville, à fournir à mi-ration, pour huit jours ; le compte exact que vous vous en êtes fait rendre nous l'assure.

DEUXIÈME RAISON.

—

La communication des vivres, qui pouvoient être destinés en partie pour la subsistance des citoyens de cette ville, nous est interdite et ne peut être utile qu'au reste do l'armée qui ne nous couvre plus ; quelle dure condition de tomber sous le joug de l'ennemy en luy demandant à manger le jour de sa soumission, dans le tems qu'il est lui-même peut-être réduit à se retrancher.

TROISIÈME RAISON.

—

Le peu de troupes reglées et de citoyens extenués qui restent dans cette ville, la majeure partie en ayant déserté depuis le jour du Treize, pour se retirer dans les campagnes, n'est point suffisant pour en garder surement l'enceinte, avec d'autant plus de raison que nous avons deux parties de la ville à découvert : celle le long du Cap aux Diamants, qui n'est fermé que par des pieux, parti voisine du terrain où est retranché l'ennemi ; celle du Palais dont il est le maître des dehors ; ny a-t-il donc pas tout lieu de craindre, à tout moment, que l'ennemy puissant en nombre, soit par force ou par ruse ne se trouve dans le cœur de la ville, le fer à la main, immoler sans distinction de qualité, d'âge et de sexe tout ce qui se présentera sous ses coups.

Enfin, le tems presse d'obtenir une capitulation honorable ; l'ennemy, flatté d'une espérance de continuer ses conquêtes et de pouvoir s'assurer une récolte pour nous faire vivre, eux-mêmes, rendra nôtre sort plus doux, au lieu qu'en reculant sans espérance de pouvoir y réussir, nous ne ferons qu'augmenter sa fureur.

Jettez donc Messieurs, des yeux de compassion sur le reste ; Tachez de les conserver pour leurs femmes et leurs enfans ; conservez même ceux ou celles qui sont renfermés dans cette ville : Enfin sauvez leur le peu qui leur reste de l'incendie ; il n'est point honteux de céder quand on est dans l'impossibilité de vaincre. C'est ce que les citoyens de cette ville se flattent de vous avoir démontré, Messieurs, et ils espèrent de votre humanité que vous ne voudrez pas les exposer, aux rigueurs d'un assaut et de la famine, signé : Daine, Panet Procureur du Roy, Tachet sindic du commerce, Pre. Jehannes, Ch. Morin, Boisseau, Voyés, Me. Riverin, Dubreuil, Chabosseau, Larcher, Cardeneau, Fornel, Moreau fils, Meyanardie, Jeune, Monnier, Gauthier, J. Lassale, L'Evesque, Fremont, Grellaux, Lée, Boissey, Jean Monnier, et Malroux.

Pour copie collationnée, conforme à l'original.

(Signé,)   DE RAMEZAY.

(NUMÉRO 6.)

—

Copie du conseil de guerre tenu par M. de Ramezay à Québec.

Aujourd'huy, quinze du mois de Septembre mil sept cent cinquante neuf, M. de Ramezay, Lieutenant pour le Roy au gouvernement de Québec, ayant jugé nécessaire d'assembler le conseil de guerre des principaux officiers qui composent sa garnison, pour délibérer sur les moyens de deffense de la place de

Québec, bombardée et canonée depuis le 12 Juillet dernier, et investie du treize du mois de Septembre, après la perte d'un combat et la retraite de l'armée qui couvroit la place ; et après avoir fait lecture des ordres de M. le M^quis. de Vaudreuil, Gouverneur Général, il a été vérifié que cette place, peu succeptible de défence, étant fermée en partie d'une simple palissade, auroit pu par son artillerie et ses munitions de guerre, résister quelques tems aux efforts de l'ennemy, si la partie des vivres s'était trouvée aussi abondante ; mais, les états produits par les commis du munitionnaire général et les recherches exactes faites chez les différents particuliers de la ville ont prouvé, qu'il ne restait en vivres de toute espèce qu'environ quinze ou seize mille rations ; les dites rations réduites à la moitié et même au quart, pour nourrir plus de six bouches, dont deux mille deux cent combattants, soldats, miliciens, ou matelots ; deux mille six cent femmes, ou enfants ; mille à douze cents hommes aux hopitaux, employés, communautés d'hommes et de femmes, ou prisonniers de guerre. D'après cet exposé, M. de Ramezay, président en sa qualité de Lieutenant pour le Roy dans la place, a requis Messieurs le Chevalier de Bernetz, Lieutenant Colonel d'infanterie, le Chevalier Doms, Delestang de Celles, Daurittan, Daubrepy, de St. Vincent, De Parfouru, de Bigart, de Marcel, Capitaine d'infanterie ; Messieurs de Fiedmont, de Luzignan, Capitaine d'artillerie, de Cerry, et de Pellegrin, Capitaine de port. M. de Joannés, Capitaine Ayde-Major au Régiment de Languedoc, Major de la place, de donner leur avis par écrit pour décider sur le parti à prendre dans la conjoncture présente, lesquels ont opinés comme il suit :

———

Vû l'exposé du conseil de guerre, et les raisons qui ont obligé M. de Ramezay de l'assembler, je ne vois point d'autre partie à prendre que de tâcher d'obtenir de l'ennemy la meilleure capitulation qu'il sera possible. A Québec, le 15 7bre 1759.

(Signé,)   PELLEGRIN.

Vû le manque total de vivres; étant sans aucune espérance de secours, mon sentiment est de remettre la place, et d'en sortir avec le plus d'honneur que nous pourrons. A Québec, ce 15.7bre 1759.

(Signé,)   DAILLEBOUST CERRY.

L'investissement de la place fait, les batteries de l'ennemy au moment de jouer, sans espoir de secours; l'armée qui nous couvroit s'étant repliée, comme nous en pouvons juger par le mémoire instructif de M. le Marquis de Vaudreuil à M. de Ramezey; ménacé de famine sous deux jours, j'opine qu'il est tems de composer avec l'ennemy pour pouvoir obtenir des conditions honorables qu'il nous refuseroit s'il étoit instruit du manque de vivres où nous nous trouvons. A Québec, le 15 7bre 1759.

(Signé,)   LUSIGNAN, fils.

De réduire encore la ration, et pousser la deffence de la place jusqu'à la dernière extrémité. A Québec, le 15 7bre 1759.

(Signé,)   FIEDMONT.

D'après l'exposé de M. de Ramezay, le seul article de vivres me détermine d'opiner, qu'il n'est guère possible d'attendre une plus grande extrémité pour tâcher d'obtenir de l'ennemy la capitulation la plus honorable possible : tel est mon avis. A Québec, le 15 7bre 1759.

(Signé,)   MARIET.

Vû l'extrémité où la place se trouve réduite pour les vivres, mon avis est, de demander à capituler. A Québec, le 15 7bre 1759.

(Signé,)   BIGART.

Vû les raisons cy-dessus exposées et prouvées, et après avoir réduit la garnison de cette place à la plus petite ration, mon avis est de capituler. A Québec, ce 15 7bre 1759.

(Signé,)   PARFOURU.

Vû l'exposé qui nous assemble, le dénombrement des vivres, la quantité des bouches qui est dans cette place investie de toutes parts, je conclus qu'il est à propos d'obtenir de nos ennemis une capitulation aussi avantageuse qu'il sera possible. A Québec, le 15 7bre 1759.

(Signé,)   St. Vincent.

Vû l'exposé et le peu de vivres, je conclus à capituler le plus honorablement qu'il sera possible. A Québec, le 15 7bre 1759.

(Signé,)   Daubrepy.

L'extrême disette des vivres où est la place, l'impossibilité d'en recevoir, et de très-mauvaises fortifications délabrées, m'oblige à opiner qu'on obtienne au plutôt une capitulation honorable aux armes du Roy, et dans laquelle les trouppes réglées soient libres d'aller rejoindre leurs corps. A Québec, le 15 7bre 1759.

(Signé,)   Daurillant.

Vû le peu de vivres qui sont dans la place, nous devons tâcher de faire une capitulation honorable. A Québec, le 15 7bre 1759.

(Signé)   De l'Estang de Celles.

Sur le compte qui a été rendu, le conseil de guerre assemblé, la disette des vivres où se trouve la place, mon avis est de faire des proposition. A Québec, ce 15 7bre 1759.

(Signé,)   le Cher. Doms.

J'opine, attendu la disette des vivres qui nous manquent totalement, de capituler aux conditions d'obtenir du général Anglois la meilleure capitulation et la plus honorable. A Québec le 15 7bre 1759.

(Signé,)   le Chevalier de Bernetz.

Vû l'état des vivres qui prouve qu'il ne peut y avoir de vivres que pour six à sept jours dans la place en réduisant la ration au quart, et qu'en faisant sortir même les femmes et enfants, cela ne pourroit prolonger que de peu de jours la reddition de la place, mon avis est, qu'après avoir fait sortir de la ville un détachement choisi d'environ six cent hommes, plus ou moins, pour rejoindre et rehforcer l'armée, le reste pris par préférence sur les miliciens de la ville et gouvernement de Québec, capitule pour obtenir suivant les instructions de M. le Marquis de Vaudreuil les conditions les plus honorables. A Québec, le 15 7bre 1759.

(Signé,)   JOANNÉS.

Vû les instructions que j'ay reçues de M. le M^{quis.} de Vaudreuil, et la disette des vivres prouvée par les états à moy donués et recherches que j'ay fait faire, je conclus à tâcher d'obtenir de l'ennemy la plus honorable capitulation. A Québec, ce 15 7bre 1759.

(Signé,)   DE RAMEZAY.

Pour copie collationnée, conforme à l'original.

(Signé,)   DE RAMEZAY.

(NUMÉRO 7.)

—

ARTICLES DE CAPITULATION.

—

Demandée par M. de RAMEZAY, Lieutenant pour le Roi, commandant la Haute et Basse-Ville de Québec, Chef de l'ordre militaire de St. Louis, à son Excellence le Général des Troupes de Sa Majesté Britannique. — "La Capitulation de-" mandée de l'autre part, à été accordée par son " Excellence l'Amiral SAUNDERS, et son Excel-" lence le Général TOWNSHEND, &c. &c. &c. de " la manière et condition exprimée ci-dessous."

I.

MONSIEUR de Ramezay demande les honneurs de la guerre pour sa garnison, et qu'elle soit envoyée à l'armée en sureté par le chemin le plus court, avec armes et bagage, six pièces de canon de fonte, deux mortiers ou obusiers et douze coups à tirer par pièce. " La garnison de la ville, composée de troupes de terre, de marine, " et matelots, sortiront de la ville avec armes et bagage, tambours " battant, mêches allumées, deux pièces de canon de France, et " douze coups à tirer pour chaque pièce, et sera embarquée le plus " commodement qu'il sera possible, pour être mises en France au " premier port."

II.

Que les habitants soient conservés dans la possession de leurs maisons, biens, effets et priviléges—" Accordé, en mettant bas les armes."

III.

Que les habitants ne pourront être recherchés pour avoir porté les armes à la défense de la ville, attendu qu'ils y ont été forcés, et que les habitants des colonies, des deux couronnes, y servent également comme miliciens.—" Accordé. "

IV.

Qu'il ne sera point touché aux effets des officiers et habitants absents.—" Accordé. "

V.

Que les habitants ne seront point transférés, ni tenus de quitter leurs maisons, jusqu'à ce qu'un traité définitif entre sa Majesté très Chrétienne et sa Majesté Britannique aye réglé leur état.—" Accordé. "

VI.

Que l'exercise de la Religion Catholique, Apostolique et Romaine sera conservée ; que l'on donnera des gardes aux maisons ecclésiastiques, religieux et religieuses, particulièrement à Monseigneur l'Evêque de Québec, qui, repli de zèle pour la religion, et de charité pour les peuples de son diocèse, désire y rester constamment, exercer, librement et avec la décence que son état et les sacrés ministères de la religion Romaine requerront, son autorité épiscopale dans la ville de Québec, lorsqu'il le jugera à propos, jusqu'à ce que la possession du Canada ait été décidée par un traité entre sa Majesté très Chrétienne et sa Majesté Britannique.—" Libre exercise de la Religion Romaine, sauves " gardes à toutes les personnes religieuses, ainsi qu'à Monsei- " gneur l'Evêque, qui pourra venir exercer, librement et avec " décence, les fonctions de son état, lorsqu'il jugera à propos, " jusqu'à ce que la possession du Canada ait été décidée entre " sa Majesté Britannique et sa Majesté très Chrétienne. "

VII.

Que l'artillerie et munitions de guerre seront remises de bonne foi, et qu'il en sera dressé un inventaire.—" Accordé. "

q

VIII.

Qu'il en sera usé envers les blessés, malades, Commissaires, Aumoniers, Médecins, Chirurgiens, Apothicaires, et autres personnes employées aux service des hôpitaux, conformément au traité d'échange du 6ᵐᵉ Février, 1759, convenus entre leur Majestés très Chrétienne et Britannique.—" Accordé."

IX.

Qu'avant de livrer la porte et l'entrée de la ville aux troupes Angloises, leur Général voudra bien remettre quelques soldats pour être mis en sauve garde aux églises, couvents et principales habitations.—" Accordé."

X.

Qu'il sera permis au Lieutenant du Roy, commandant dans la ville de Québec, d'envoyer informer M. le Marquis de Vaudreuil, Gouverneur-Général, de la réduction de la place, comme aussi que le Général pourra l'écrire au Ministre de France pour l'informer.—" Accordé."

XI.

Que la présente Capitulation sera exécutée suivant la forme et teneur, sans qu'elle puisse être sujette à inexécution sous prétexte de représailles, ou pour inexécution de quelques capitulations précédentes.—" Accordé."

Arrêté double entre nous au camp devant Québec, ce 18ᵐᵉ de Septembre, 1759.

CHARLES SAUNDERS,
GEORGE TOWNSHEND,
DE RAMSAY.

(NUMÉRO 8.)

—

COPIE du certificat de M. Perthuis, Procureur du Roy.

Je soussigné, Procureur du Roy dans le Gouvernement de Québec, certifie avoir acheté à mon compte de M. le Gouverneur Anglois six boucaults de biscuits, pesants douze cent livres net, pour la subsistance du peuple le lendemain de la reddition de la place. A Québec, le 19 7bre 1759.

(Signé,)   **PERTHUIS.**

Pour copie collationnée, conforme à l'original.

(Signé,)   DE **RAMEZAY.**

—

(NUMÉRO 9.)

—

LETTRE de M. Bernier, Commissaire des guerres, écrite à Québec, le 21 7bre 1759 à M. de Ramezay.

Je suis si touché Monsieur, de ce qui vient de se passer dans l'entretien que j'ai eu l'honneur d'avoir avec M. le Brigadier Muray, pour la subsistance de l'hopital, que j'ai à peine la force de dicter cette lettre.

La journée du treize, l'hopital n'avoit que quatre quarts de farine. Ce jour là, il y entre près de trois à quatre cents blessés; depuis vous en avez fait porter six quarts; mais toutes ces provisions, en réduisant au quart, sont expirées aujourd'huy.

Depuis quatre jours, je représentois aux généraux anglois la
nécessité de substanter, conformément au cartel, cet hopital tombé
sous leur puissance. Après bien des remises, on m'a dit de m'a-
dresser à M. le Brigadier Muray. Il m'a déclaré, qu'il n'avoit
des vivres que pour sa garnison seule. et qu'il ne donneroit, ny
pour or ny pour argent, une onze de pain à qui que ce soit, et en
vertu de quelque traité que ce fut ; que les habitants, les soldats,
les officiers, les hopitaux françois se pourvussent de vivres, où il
leur plairoit. Que si la ville s'était renduë par famine, il ne vou-
droit pas se mettre dans le cas d'en faire autant. Ces raisons
politiques sont très bonnes, mais très-peu capables de satisfaire
cinq cent personnes qui sont dans un hopital, et qui depuis vingt
quatre heures ne mangent point. En implorant le ciël, et l'humanité naturelle aux Anglois, je l'ai un peu attendri ; il m'a
donné un ordre pour avoir mille livres de farine et mille livres de
biscuit, m'assurant que c'étoit tout ce que j'aurois, et me faisant
donner ma parole d'honneur que je ferois mon possible pour que
cela luy fut rendu en même nature, ou en grains.

Il m'a encore dit, qu'il feroit fournir tous les vivres nécessaires
à nos blessés et malades, si M. Bigot vouloit les lui rendre en
même nature, mais qu'il ne s'en fieroit point à sa parole ; qu'il luy
falloit un officier de caractère pour ôtage auquel il juroit de faire
trancher la tête, si on manquait de luy rendre ses vivres au tems
qu'il serait stipulé après la moisson. En conséquence, il m'a fait
donner un passeport pour aller et venir de Québec à l'armée de
M. de Vaudreuil ; bien entendu que je ne sortirois point de mon
caractère, et que je ne ferois rien de nuisible ou d'utile à l'un ou
l'autre des partis.

Je profiterai de cette permission ; je presserai M. Bigot, mais
je suis fort incertain de sçavoir si je réussirai, et je vois trois cent
blessés et vingt-cinq officiers, peut-être dans la nécessité de périr
de faim dans quatre ou cinq jours d'icy, et d'être abandonnés par
tous ceux qui les veillent et qui les soignent, pour aller chercher
leur subsistance dans les campagnes éloignées, à l'exemple du
peuple de la ville.

J'oublicis de vous dire, que ce général m'a assuré qu'on pouvoit
faire venir à cet hopital, de quelque coté qu'on voulut, même de

Montréal, tous les secours nécessaire ; que ce seroit respecté, et qu'il donneroit les passeports nécessaires.

Tout cecy est l'accomplissement de ma prophétie ; j'avois toujours insisté qu'il y eut quarante quarts de farine en avance à l'hôpital, au lieu de n'y envoyer, qu'au jour de la journée, du camp, et d'où la retraite de l'armée a laissé au pillage ce qui nous aurait fait subsister longtems, les uns et les autres.

M. le Brigadier Muray m'a encore dit, qu'il ne demanderoit rien au pays ; que les habitants pouvoient faire leur récoltes, tranquillement, et que ceux qui auroient plus de denrées qu'il leur en faudrait seroient les maîtres de les apporter à la ville où on les leur payeroit en monnoye courante d'Angleterre ; qu'il ignoroit ce que c'étoit que de nourrir le peuple ; que chacun devoit chercher sa subsistance dans son travail ; qu'à la vérité, s'il avoit plus de vivres qu'il lui en falloit pour sa garnison, il les feroit mettre sur le marché pour le soulagement du peuple. Qu'enfin, les Anglois n'étoient pas venus pour nourrir le pays, et que c'étoit une faveur de sa part, s'il n'exigeoit rien de lui à cet égard.

Voila Monsieur, l'entretien que j'ai eu avec ce général, dont vous m'avez prié de vous rendre compte.

J'ay l'honneur d'être avec un respectueux attachement, Monsieur, Votre très humble et très obéissant serviteur.

(Signé,) BERNIER.

Pour copie collationnée, conforme à l'original.

(Signé,) DE RAMEZAY.

(NUMÉRO 10.)

—

COPIE de la lettre de M. le M^quis. de Vaudrueil, écrite le 14 7bre 1759 à M. de Ramezay.

J'ay reçu, Monsieur, toutes les lettres que vous m'avez fait l'honneur de m'écrire, avec celle que le Général de l'armée angloise m'écrivit hier. Vous trouverez cy-joint, à cachet volant ; ma réponse que je vous prie de luy faire passer, et de vous y conformer en ce qui concerne la garde angloise et la garde françoise. N'ayez aucune inquiétude des témoignages que je rendrai à la cour de vos services ; il vous seront des plus avantageux.

J'ai l'honneur de vous souhaiter le bonjour.

(Signé)   DE VAUDREUIL.

Pour copie collationnée, conforme à l'original.

(Signé,)   DE RAMEZAY.

FIN.